강제전학생
이오,
수학천재의 비밀을 찾다

강제전학생 이오,
수학천재의 비밀을 찾다

1판 1쇄 펴냄 2019년 10월 18일
1판 3쇄 펴냄 2021년 7월 20일

지은이 김상미

주간 김현숙 | **편집** 김주희, 이나연
디자인 이현정, 전미혜
영업 백국현, 정강석 | **관리** 오유나

펴낸곳 궁리출판 | **펴낸이** 이갑수

등록 1999년 3월 29일 제300-2004-162호
주소 10881 경기도 파주시 회동길 325-12
전화 031-955-9818 | **팩스** 031-955-9848
홈페이지 www.kungree.com
전자우편 kungree@kungree.com
페이스북 /kungreepress | **트위터** @kungreepress
인스타그램 /kungree_press

ISBN 978-89-5820-619-4 43810

책값은 뒤표지에 있습니다.
파본은 구입하신 서점에서 바꾸어 드립니다.

강제전학생 이오,

수학천재의 비밀을 찾다

궁리
KungRee

차례

1부

2부

3부

4부

1부

시계가 고장 나자 이오의 시간은 흐르지 못하고 계속 넘쳤다.

식탁 위의 라면은 이오의 시간까지 야금야금 먹어 서서히 불어갔고

라면의 김은 집 안에 무겁게 내린 정적을 뚫고 무심하게 올라갔다.

국가 공인 브레인

"이번 호는 쉽니다. 《MATHTABULA》 VIP 회원님들의 양해 부탁드립니다."

누군가 책상에 앉아 방금 도착한 엽서를 읽고 있었다. 주변에는 수학문제를 푼 흔적이 담긴 연습장과 연필이 놓여 있었다. 책상 옆 옷걸이에는 소매 옆선이 칼같이 다려진 하얀색 셔츠가 여러 벌 걸려 있었고 침대의 시트는 창문에서 들어오는 태양을 받아 하얀빛을 쨍쨍하게 내뿜었다. 한참을 책상에 머물던 사람은 책꽂이에서 지난달 《MATHTABULA》 잡지를 꺼냈다.

그 순간 잡지 안에 끼워져 있던 사진 여러 장이 투두둑 떨어져 나왔다. 사진 속엔 나이 차이가 많이 나는 남녀 한 쌍이 있었다. 사진을 한 장 한 장 넘겨보던 남자는 사진은 던져두고 잡지를 넘기기 시작했다. 그가 펼친 페이지에는 '지역의 인재, 올림피아드의 별이 되다', '국가 공인 브레인 청소년'과 같은 화려한 수식어가 붙은 인물의 인터뷰가 실려 있었다. 기사 속 사진에는 서글서글하고 선한 눈매를 가진 아이돌 같은 학생이 밝게 웃고 있었다. 그는 신문의 인터뷰 내용을 소리 내어 읽었다.

"저에게 수학은 무질서하게 보이는 세상에서 숨어 있는 조화와 질서를 찾아내는 놀이와 같아요. 하나하나의 퀘스트를 해결하면서 세상의 바탕에 숨어 있는 설계도에 다가간다고 할까요? 복잡하게 얽힌 상황을 잘 들여다보고 해결책을 찾아내며 본래의 수학의 모습에 다가갈 때 전율을 느껴요. 그 과정에서 정수기에서 깨끗한 물이 걸러지듯 저도 순수해짐을 느낍니다. 수학에 경쟁을 도입하여 스트레스를 받지 마세요. 수학문제를 푸는 과정에서 이루어지는 생각 방식은 우리가 사회생활을 해나가면서 만나게 되는 문제를 푸는 사고방식과 닮아 있어요. 친구들은 가끔 저를 보고 수학에 관한 유전자를 타고난 남다른 아이라고 농담을 하는데요. 그건 절대 아니에요. 제가 남보다 조금 수학을 잘하게 된 건 그저 여러분이 저를 보지 않는 시간의 대부분은 수학공부를 하기 때문입니다."

인터뷰를 읽던 사람은 신문을 던졌다. 그리고 의자에서 벌떡 일어서서 방안을 서성이다 거울에 비친 자신을 뚫어지게 응시했다.

"순수함으로 포장된 더러운 천재에게 세상이 속고 있어."

그는 노트북을 열어 어디론가 메일을 보냈다.

"더러운 놈."

그 메일이 처음은 아닌 듯 같은 수신자에게 보낸 메일이 여러 통 있었다. 그리고 그가 보낸 메일은 수학을 좋아하고 거짓 없이 살던 누군가의 삶을 송두리째 흔들고 잔인하게 짓밟았다.

멈춘 시계

"이오야! 신문 못 봤니?"

방에서 아버지가 부르는 소리가 났다.

"아! 여기 제가 보고 있어요. 가져다 드릴까요?"

"아니야! 내가 나갈게."

이오는 보던 신문을 접어 식탁에 두었다. 아버지는 방에서 나와 식탁 위에 놓인 신문을 집어들며 의자에 앉았다. 이오는 익숙한 솜씨로 끓인 라면을 그릇에 담아 고명을 얹은 후 식탁에 올렸다.

"깻잎을 넣어 향을 강조한 깻잎라면이에요. 냉장고에 깻잎이 조금 남아 있길래 만들어봤어요."

이오는 살림꾼이었다.

"깻잎라면? 좋지."

김이 올라오는 라면을 앞에 두고 부자간의 대화가 시작되었다.

"형이 캠프에 들어가기 전 인터뷰했던 기사가 오늘 떴네요."

"그러게."

아버지는 기사를 꼼꼼히 읽었다.

"라면 불어요, 아빠."

"어! 그래. 우리 셰프가 만들어준 라면부터 먼저 먹어야겠지?"

라면은 요리솜씨가 특별나지 않은 이오가 술을 드신 아버지를 위해 가장 쉽게 만들 수 있는 해장국이었다.

"어제 늦게 들어오시는 것 같던데요. 친구분 뵈러 다녀오신 거예요?"

"그래, 아들. 아주 오랜만에 친구와 함께 술 한 잔 했지."

아버지는 일 년 중 꼭 하루, 친구의 기일에만 술을 드셨다. 어릴 적 아버지를 따라 친구분의 납골당에 간 적이 있었는데 늘 인자한 미소의 아버지가 그곳에서 지은 슬픈 표정은 오래 지나도록 이오의 머릿속에 남아 있었다. 어제도 아버지가 그런 모습으로 혼자 친구분을 만났으리라 생각하니 마음이 아팠다.

'이럴 때 엄마라도 계셨으면…….'

이오는 혼자 라면을 드시는 아버지를 안쓰럽게 쳐다봤다. 어머니는 이오가 태어날 때 돌아가셨다. 이오는 늘 자신 때문에 엄마가 돌아가셨다는 죄책감이 마음 한켠에 있었다. 하지만 아버지와 형은 한 번도 이오의 탓을 하지 않았다.

"내가 너무 늦게 들어와서 걱정했지. 미안하다. 다음엔 이런 일 없을 거야."

아버지는 국물부터 한 모금 마셨다.

"캬아. 속이 확 풀어지는데. 향도 좋고. 이오 셰프가 최고네."

이오는 비록 라면이지만 자신이 만든 요리를 기쁘게 먹는 아버지를 물끄러미 바라보았다. 식사를 하며 땀을 많이 흘리는 아버지를 보니 건강이 약해지신 건 아닌지 걱정도 되었다.

"친구분과는 말씀 많이 나누셨어요?"

이오가 물었다. 라면을 먹던 아버지는 대답이 없었다.

아버지가 몹시 힘들고 지쳐 보이던 지난 어느 날, 아버지는 서재에서 뭔가를 한참 들여다봤다. 그건 다름 아닌 아버지 친구의 사진이었다. 아버지가 힘드실 땐 어머니 사진을 볼 거라 생각했던 이오는 의아했다. 그때부터 이오는 '내 사진도 친구들이 힘들 때 위로가 될 수 있을까?' 생각하면서 아버지와 친구분은 어떤 관계였을지 늘 궁금했다.

"그분은 어떤 분이셨어요?"

이오가 아버지께 꼭 한번 묻고 싶었던 질문이었다.

“내 친구? 글쎄…….”

아버지는 라면을 들여다보며 조금 생각하다가 말했다.

“너희 엄마 이상으로 순수한 사람이었지.”

“순수요?”

이오는 순수하다는 표현이 잘 이해가 되지 않았다.

“사랑하는 사람을 위해서라면 자신을 희생하는 완벽한 바보였어.”

아버지의 눈빛은 애수에 잠겼다. 두 사람의 대화는 잠깐 멈췄다.

“형 멋지죠?”

이오는 형의 인터뷰 기사로 대화의 화제를 돌렸다.

“그래. 아주 훌륭하지. 긴장이 많이 될 텐데. 그런 내색도 하지 않고. 속이 깊은 아이야.”

아버지는 형이 캠프에 들어간 후 핸드폰을 부쩍 자주 들여다봤다. 형이 공부에 집중하는 데 방해가 될까봐 전화를 먼저 걸지는 못하고 혹시 어떤 연락이 오지는 않을지 내내 기다리는 눈치셨다.

이런저런 이야기로 아침식사를 나누던 그때 초인종이 울렸다.

“딩동.”

두 사람은 라면을 먹다 말고 의아한 눈빛으로 서로의 눈을 마주쳤다.

"누구지? 이렇게 이른 시간에?"

확인 없이 문을 열었다가 관심 없는 종교에 관한 설교를 지루하게 들은 후로 이오는 낯선 사람들에겐 현관문을 쉽게 열지 않았다. 인터폰의 모니터도 고장이라 어차피 집 안에서는 확인할 수 없어 그냥 다시 라면을 먹었다. 라면을 식히기 위해 한 젓가락 들어 입김을 부는 순간 또 한 번 초인종이 울렸다. 이오는 안 되겠다 싶어 현관으로 나갔다. 문은 열지 않은 채 문 밖을 향해 크게 물었다.

"누구세요?"

대답이 없었다.

"딩동."

초인종이 다시 울리고 이번엔 현관문을 두드리는 소리도 들렸다. 이오는 아버지를 한 번 쳐다본 후 현관문을 열었다. 열린 문 앞엔 건장한 아저씨 두 분이 서 있었다. 눈이 휘둥그레진 이오는 조심스럽게 물었다.

"누구세요?"

"경찰입니다."

"네?"

이오는 너무 놀라 뒤로 한발 물러섰다. 아버지가 이오 앞에 섰다.

"카이군 아버지 되십니까? 경찰입니다."

신분증을 보여준 경찰은 이오와 아버지를 걱정스럽게 바라보며 어렵게 말을 꺼냈다.

"어디부터 말씀을 드려야 할지……."

도대체 무슨 일인지 두 사람은 서로 말을 미루는 듯 보였다. 경찰들에게도 전하기 곤란한 소식임이 분명했다.

"아드님이 투신을 해서…… 의식을 잃고 쓰러져 있다는 신고를 받고 신속하게 병원으로 옮겼으나 현재 의식불명 상태입니다. 같이 가주셔야 되겠습니다."

경찰은 처음엔 머뭇거리더니 곤란해도 전할 말은 신속하게 전하자는 생각이 들었는지 뒤로 갈수록 빠르게 말을 했다. 경찰의 말이 끝나자 거실엔 정적이 흘렀다.

"네? 제 아들 카이 말입니까?"

아버지는 경찰의 첫마디부터 소화하지 못했다. 여러 단계의 확인을 거치고 나서야 경찰의 말을 받아들였다.

"어떻게 이런 일이……."

아버지는 영혼이 나간 얼굴을 한 채 휘청거렸다. 경찰과 함께 가기 위해 옷을 챙겨 입으면서도 이리저리 방향을 잃은 채 허둥거렸다.

"이오야. 아빠만 갈게. 넌 집에 있어. 이럴수록 침착해야 한다."

전혀 침착하지 않은 아버지는 부랴부랴 옷을 입고 카이가 있는 곳으로 경찰을 따라 나섰다.

"도대체 이게 다 무슨 일이지……."

이오는 모두가 떠난 후에도 닫힌 현관을 응시한 채 한참을 서 있었다. 이오 역시 이 모든 상황이 쉽게 받아들여지지 않았다. 이오는 자신의 시간을 관리하던 마음속 시계가 충격을 받아 멈춰버린 것만 같았다. 시계가 고장 나자 이오의 시간은 흐르지 못하고 계속 넘쳤다. 식탁 위의 라면은 이오의 시간까지 야금야금 먹어 서서히 불어갔고 라면의 김은 집 안에 무겁게 내린 정적을 뚫고 무심하게 올라갔다.

그날 이후

의식을 잃은 카이가 중환자실에 있는 동안 국가 공인 브레인을 키우기 위해 노력했던 박사들이 조용히 병실을 다녀갔다. 반면 아버지는 형의 모습을 보면 충격을 받을까 염려해서 이오를 병원에 오지 못하게 했다.

제일 먼저 달려온 사람은 엘 박사였다. 카이를 발굴하고 그가 수학재능아 프로그램에 참여할 수 있도록 배려하고 올림피아드 대표로 선발되도록 지원을 아끼지 않았던 사람이었다.

"엘 박사님은 엄마같이 잘해주셔."

예전에 카이가 이오에게 말했다. 엄마의 품을 느껴본 적 없는 이오는 엄마같이 잘해준다는 카이의 말을 완전히 이해할 수 없었지만 따뜻하고 헌신적인 분이라는 뜻으로 받아들였다. 엘 박사는 병원에서 혼자 간호를 하는 아버지께 찾아와 카이에 대한 안타까움을 표현했다.

엘 박사와 며칠 시간을 두고 찾아온 사람은 올림피아드 대표팀의 류샹 코치였다. 캠프기간 동안 카이와 함께 기숙사에 머물며 올림피아드를 준비한 사람이었다. 류샹은 전세계 수학 마니아들이 애정을 보이는 잡지, 《MATHTABULA》의 편집장이었다. 《MATHTABULA》 회원들은 모두 류샹의 팬들이다. 이오도 학교에서 《MATHTABULA》를 따라 만든 수학신문 《MATHLETTER》 동아리 기자로 활동하고 있었다. 류샹은 올림피아드 캠프에 이어 대회까지 이어진 바쁜 일정과 다른 팀원들이 흔들리지 않도록 관리를 해야 하는 어려움이 있음에도 불구하고 시간을 내서 찾아와주었다.

"캠프에 왔을 때 뭔가 이전과는 다르다라는 걸 느꼈지만 그저 시험으로 인한 긴장이라 생각했어요. 멘탈이 약하다고 다그치기만 하고 더 속 깊은 이야기를 듣지 않았네요. 제가 더 잘 살폈어야 했는데 그러지 못했어요. 카이가 저렇게 극단적인 선택을 한 것에는 어떤 심리적인 고민이 있었을 텐데 저로서는 도대체 감을 잡을 수가 없네요. 죄송합니다."

류샹 코치는 카이의 상황을 가족보다 더 안타까워했다.

마지막으로 찾아온 사람은 카이를 비롯한 6명의 올림피아드 대표팀 단장인 필 박사였다.

"언론에는 우리의 공식적인 통로로만 이야기가 전해질 수 있도록 아버님이 협조해주시기 바랍니다."

필 박사는 카이에 대한 안타까움보다는 올림피아드가 시작도 하기 전에 캠프에서 자살을 시도한 사실이 외부로 알려지지 않기 위해 최선을 다하는 모습이었다.

하지만 필 박사의 노력에도 불구하고 올림피아드가 끝나는 동시에 카이의 자살 시도 소식은 외부로 알려졌다. 카이가 중환자실에 입원한 지 한 달이 지난 즈음이었다.

자존심

"성과주의 영재교육이 부른 비극", "엄친아 브레인은 왜 자살을 시도했는가?", "멘탈 관리에 실패한 천재".

천재의 비극이라는 흥미로운 소재를 자극적인 문구로 앞세운 기사들은 클릭 한 번으로 공유되면서 사회적으로 적지 않은 파장을 일으켰다. 언론은 성과주의 영재교육이 만들어낸 비극인 동시에 영재 개인이 멘탈 관리에 실패했다는 프레임으로 이 사건을 바라봤다. 기사는 더 나아가서 형의 가족사까지 언급했다. 부모님은 이오가 태어나기 전에 카이를 입양해서 아기 때부터 키우셨다. 카이는 아무리 사소해도 거짓말을 하는 것을 싫어했고 그러다보니 거짓말을 잘 하지 못했다. 거짓말을 할 땐 얼굴 표정 눈빛 하나하나에 고스란히 드러났다. 동생이 자신이 입양아임을 모르는 것을 견딜 수 없어 이오에게 자신의 처지를 말하던 날도 그랬다.

"형. 나한테 할 말 있지?"

"어떻게 알았어?"

"형은 눈이 먼저 말하니까."

"내 동생 눈치 하나는 끝내준다니까."

"내가 이해하기 어려운 말인 거야?"

"그래. 우리 이오는 속일 수가 없네."

"뭔데?"

"사실……."

"응."

"사실……."

"응. 빨리 그냥 말해."

"나는 네 친형이 아니야."

"뭐?"

"나는 네가 태어나기 전에 지금 부모님께 입양됐어."

"뭐?"

"나도 얼마 전에 알았어. 내가 갓난아기일 때 나를 입양하셨대."

"어……."

"아버지는 굳이 너에게까지 말을 하지 않아도 된다고 하셨는데 내 생각은 달라. 나를 숨기고 거짓으로 대하고 싶지 않아. 그게 누구든. 나는 너도 알아야 한다고 생각해."

"어……."

"그런데 이오. 난 널 한 번도 친동생이 아니라고 생각한 적 없어. 진심이야."

"……."

역대 올림피아드에서 가장 훌륭한 성적을 거둘 것이라며 기대가 높았던 만큼 천재의 극단적인 행동에 대한 세상의 관심은 대단했다. 하지만 아무리 그래도 형의 개인적인 신상이 세상에 까발려진다는 것이 이오에겐 이해되지 않았다. 심지어 어떤 가십 전문 온라인 뉴스사이트는 사실과 거짓을 적절히 섞은 가짜뉴스로 이오 가족을 난도질했다.

"연애에 실패한 천재 극단적 선택을 하다", "입양된 사실을 알고 충격받은 가족사가 원인으로 추정".

도대체 이런 매체는 언론인의 가장 기본적인 윤리의식이 있는 건지 의심스러웠다. 세상 사람들은 자신들이 무심코 실어 나른 기사가 한 개인의 사생활을 완전히 짓밟을 수도 있다는 것을 민감하게 생각하지 않았다. 기사로 써서는 안 되는 글에도 무비판적으로 반응함으로써 쓰레기 같은 기사가 재생산되도록 도왔다. 아버지는 중환자실에 누워 있는 형을 살피느라 심신이 지쳐 시끄러운 세상을 바로잡을 여력이 없었다. 이오는 무엇보다 이런 말도 안 되는 상황에 자신이 할 수 있는 일이 아무것도 없다는 사실에 화가 났다. 대중의 관심은 이오가 이해하고 받아들일 수 있는 수준을 넘었다. 최소한의 예의도 지켜주지 않는 세상의 폭력적 호기심에 대한 이오의 분노는 커져갔다. 또 형이 병원에 있는 동안 혼자서 보내야 하는 시간이 많이 늘어나게 되면서 스스로 견뎌내야 하는 외로움도 커져갔다. 이오의 주변 사람들은 분노와 외로움에 휘청거리는 이오를 안타깝게 바라봤다. 학교 수학 신문 《MATHLETTER》 동아리 친구들도 그랬다. 어느 날, 편집장을 중심으로 한 친구들이 동아리방에 모여 이오에 대한 이야기를 나누었다.

"이오의 형 소식 들었지?"

"요즘 이오가 제정신이 아니었던 게 이유가 다 있었어. 지난번 맡은 기사도 펑크 냈잖아."

"그러게. 녀석. 힘들었을 텐데 말도 안 하고."

"말할 수가 없었겠지."

"올림피아드 특집으로 카이 형을 인터뷰한 게 엊그제 같은데 말이야.”

“도대체 왜 그런 극단적인 선택을 한 걸까?”

“악의적인 언론 기사들도 많던데…….”

“그게 다 사실일까?”

이오의 친구들은 이오를 걱정하면서도 기자들의 시선에서 그 상황을 감정에 좌우되지 않고 냉정하게 바라보려 했다.

“그 악의적인 기사들로 이오가 연일 사람들의 가십 대상이 되고 있어.”

“요즘 이오를 보면 세상을 향해 남은 건 화밖에 없는 것 같아.”

“맞아. 건들면 터질 것 같아.”

“이오는 형에 대한 사랑이 각별했어.”

“어떤 면에서는 형을 존경했지. 정신적 지주라고 할까?”

“그런 형이 갑자기 자살을 시도해서 깨어나지 못하고 있으니 말을 더해 뭘 해.”

“자신도 무너지는 것 같겠지.”

“우리가 해줄 수 있는 일이 없을까?”

문을 등지고 앉아 친구들이 주고받는 이야기를 듣기만 하던 편집장이 운을 떼었다.

“그래서 말인데…….”

무슨 말을 하려는지 편집장은 매우 조심스러웠다.

“학교 신문이긴 해도 우리도 나름 기자인데, 우리가 이오의 형 기사를 제대로 써보는 건 어떨까?”

동아리 친구들은 일제히 편집장을 바라봤다.

“예를 들면?”

“카이 형이 왜 자살을 시도했는지에 대해 말이야.”

“그걸 우리가 어떻게 해? 이오가 동의할까?”

“이오는 지금 여러 가지 복잡한 감정으로 괴로울 거야. 자신이 존경했던 형이 자살을 시도했다는 사실을 인정하고 싶지 않은 마음도 있을 거고, 또 형이 극단적인 생각을 하기까지 고민을 함께 도와주지 못한 자책감도 있을 거고.”

“편집장. 네가 이오는 아니야. 그러니 단언하진 마.”

“내 제안이 좀 이른 감은 있어도 방향은 틀리지 않았다고 봐. 자신을 파괴시킬지도 모르는 것이면 무엇이든 똑바로 보랬어. 우리는 이오가 고통스러운 현실을 피하지 말고 더 직시할 수 있게 도와야 하지 않을까?”

“편집장. 어떠한 상황에서도 냉철한 합리성을 유지하는 건 너다워. 하지만 이건 바로 우리 옆에 있는 친구 문제라 신중해야 해.”

“감정의 문제는 논리로 해결할 수 없는 게 있어. 논리적으로 틀림이 없어도 그건 이오의 맘을 하나도 헤아리지 못한 거라 생각해."

친구들은 편집장의 제안에 부정적이었다.

"이오 일을 화제 삼아 우리 신문의 구독자를 늘리고 싶은 건 아니지?"

편집장의 의도를 의심하는 친구도 있었다.

"그럼 너희는 그런 확인되지 않는 추측성 보도로 괴로워하는 이오를 옆에서 보고만 있을 거야?"

친구들의 부정적인 반응에 편집장은 발끈했다. 평소 흥분이라곤 몰랐던 편집장답지 않았다.

"확인해서 그게 사실이면? 또 꼭 확인해서 사실을 드러내야 하는 거야? 다시 한 번 말하지만 신중해야 해."

친구들은 선뜻 편집장의 제안에 동의하지 않았다.

"사람들이 알아야 할 가치가 있는 기사를 내야 할 때 그 기사가 가까운 사람과 관련되어 있다고 머뭇거려서는 안 된다고 생각해."

"그건 나도 동의해. 지금 우리는 이 주제가 알아야 할 가치가 있는지에 대해 여러모로 생각하고 있는 거야."

치열한 논의가 이루어졌다. 친구들은 이오에게 혹시 상처가 되지 않도록 철저하게 서로의 의견을 검증했다.

"그래. 아무래도 이건 이오에게 결정권을 줘야 할 것 같아."

친구들은 모두 동의했다.

"그럼 이 논의 안건을 누가 전할래?"

동아리 친구들을 바라보며 마지막 질문을 던지는 순간 편집장은 자신의 등 뒤에서 인기척을 느꼈다. 함께 이야기를 나누던 친구들의 시선은 이미 문 쪽으로 향해 있었다.

"뭐야. 지금 내 이야기를 하는 거야?"

매우 골이 난 이오의 목소리가 나지막하게 깔렸다. 편집장은 뒤를 돌아봤다.

"어! 이오 왔구나. 우리는 단지."

편집장의 말이 끝나기 전에 이오가 소리쳤다.

"나더러 우리 형의 자살 시도 동기를 밝히라고? 너희들 그렇게 잔인한 녀석들이었어?"

"아냐. 이오. 오해하지 마. 우리는 네 의견을 물을 생각이었어. 세상이 가짜뉴스로 너의 형을 욕되게 하고 있잖아. 가짜뉴스를 진짜뉴스로 바로잡아야 할 의무가 있어. 우리는 기자잖아."

편집장의 차분한 어조와 이오의 흥분한 얼굴이 대비되었다.

"그래. 자기 일이 아니니까 그렇게 품위 있고 고상하게 말할 수 있겠지."

편집장의 설득에도 이오의 화는 좀처럼 풀리지 않았다. 친구들의 진심은 이해가 되면서도 뭔지 모를 섭섭함이 더 먼저 다가왔다.

"지금 떠도는 말도 안 되는 기사를 쓰는 것이 기자라면 난 그만둘 거야. 내가 그만두면 난 더 이상 기자가 아니잖아. 또 한 가지! 난 이런 상태로 너희랑 같이할 수 없을 것 같아. 이만 가볼게."

이오는 화를 잔뜩 머금은 채 동아리 방 밖으로 나갔다. 편집장은 이오를 잡으러 뛰어 나갔지만 이오의 빠른 걸음을 쉽게 따라잡을 수 없었다. 이오의 화는 발걸음의 속도를 높이는 연료가 된 듯했다.

"이오! 기다려!"

편집장의 걸음으로는 따라잡을 수 없어 같이 가자고 크게 소리를 질러봤지만 소용이 없었다. 이오는 동아리방이 있는 지하에서 올라와 긴 복도를 계속해서 걸어갔다. 편집장도 포기하지 않고 뒤를 따랐다. 그때 편집장의 시야에 이오가 걸어가는 방향 끝 편에 서 있는 한 무리의 아이들이 들어왔다. 그 무리 속엔 이오와 부딪혀서 좋을 것 같지 않는 아이가 보였다. 그 아이는 누구에게나 싸가지가 없는 것으로 유명해서 '학교 대표 싸가지'로 불리는 녀석이었다. 편집장은 이오와 '싸가지'가 만나면 일이 커질 것 같다는 예감이 들었다. 아니나 다를까 '학교 대표 싸가지'는 이오를 그냥 스쳐 보내지 않았다.

"이게 누구야. 이오 아니야? 형 그늘에서 자기도 천재인 척 까불고 다니더니. 그 끈끈한 형제가 남남이었다면서. 저 새끼 영재 형 두었다고 엄청 잘난 척하더니 알고 보니 아무 관련도 없는 거잖아?"

'학교 대표 싸가지'는 이오를 타겟으로 삼아 같이 있던 아이들과 함께 히죽거리며 비아냥거렸다.

"참아. 이오! 저 녀석 싸가지는 예전에 집 나갔잖아. 자기네 엄마가 공부하라고 압박하는 스트레스를 다른 아이들한테 풀고. 상대방이 열 받아 주먹이라도 나가면 다 학교폭력이라고 신고하고 합의도 안 해주는 치사한 녀석이야."

어느새 뒤따라온 편집장이 무리들에게 들리지 않는 작은 목소리로 말하며 이오의 기분을 살폈다.

"쟤는 네가 때릴 때를 기다리는 거라고. 절대로 넘어가지 마."

편집장의 조언대로 이오는 무시하고 지나가려 했다. 하지만 '학교 대표 싸가지'는 계속해서 더 심한 말로 도발했다.

"야! 네 형 시험 보다가 문제가 어려워서 도망쳤다면서? 그래서 짤리고. 그 충격으로 자살 시도를 했고. 자기가 모든 문제를 다 풀어야 한다는 건 너무 오만한 생각 아니야? 우리가 낸 세금으로 대회도 나가는 건데 말이야. 뭐 여자문제 때문이라는 소리도 들리고.

세금 낭비네. 세금 낭비."

이오는 근거 없이 형을 비방하는 마지막 말에는 참을 수 없었다. 이오는 지나치려다 말고 뒤돌아 주먹을 날렸다. 죽지 않을 정도로 흠씬 패줬다. 이오는 분노에 포효하는 한 마리 짐승 같았다. '학교 대표 싸가지'에게 평소 마음을 다쳤던 아이들은 말리는 듯하면서 속으로 고소해하는 모습들이었다. 어느 정도 화가 가라앉을 즈음 이오는 번뜩 정신이 들었다.

'나 뭐 하는 거지? 형을 위해 아무것도 해줄 수 없는 무능함을 이 싸가지 탓으로 돌리고 있는 건 아닌가?'

이오는 때리는 것을 멈추고 일어섰다. 편집장 역시 무척 놀랐는지 한 걸음 물러서서 이오를 그저 바라만 봤다.

"너 나 쳤다! 너 여기 학교 계속 다니나 보자. 이 새끼야. 넌 말리지도 않았지. 지 잘난 맛에 다니던 두 새끼 어디 두고 보자."

뒤편에서 약이 바짝 오른 '싸가지'는 이오와 편집장을 향해 계속해서 고함을 질렀다.

이오는 때리는 것을 그만둔 동시에 곧바로 후회를 했다. 주먹이라도 휘둘러 그 괴로움이 해결되면 좋으련만 그렇지 못했다. 형이 진심으로 기대하고 좋아하던 일을 하러 간 곳에서 무엇 때문에 모든 것을 한순간에 멈추려고 했는지 그리고 누구보다 강한 정신력을 가진 형이 감당할 수 없었던 문제는 과연 무엇이었는지 자신은 아무것도 알지 못한다는 자괴감만 더 들었다. 인정하고 싶지 않지만 편집장의 말이 맞았다. 지금 해야 할 일은 화내고 원망하고 우는 것이 아니라 고통스러운 현실을 직시하는 것이었다. 하지만 그걸 알면서도 지금 다시 신문 동아리 친구들에게 돌아가는 것은 자존심이 허락하지 않았다.

후회

형에 대한 비난을 감내하지 못한 책임으로 이오에겐 전학 권고가 내려졌다. 옆에서 지켜보기만 한 편집장은 교내 봉사가 나왔다.

"미안하다. 괜히 나 때문에."

이오가 말했다. 편집장은 별다른 말 없이 이오의 어깨를 툭 한 번 쳤다. 염려 말라는 진심이 전해졌다. 아버지께는 면목이 없었다. 형의 일에 더해 자신의 일로 신경을 써 얼굴이 까맣게 된 아버지를 뵈니 눈물이 핑 돌았다. 눈물을 감추려 고개를 숙였다.

"내가 너무 형에게만 신경을 썼구나. 방법이 옳고 그름을 떠나서 나라도 그런 상황에서 똑같이 그랬을지 몰라. 그 선택에 대한 책임을 이렇게 져야 한다면……."

아버지는 말끝을 흐렸다.

“어쩌면 오히려 이 편이 더 잘됐어. 우리 조금은 여유롭고 한적한 동네에 가서 잘 살아보자.”

아버지는 결심을 바로 실행에 옮겼다. 사람들의 관심에서 벗어나 생각을 정리할 수 있도록 새로운 동네에 가족의 공간을 마련했다. 이사도 신속하게 이루어졌다. 이오는 먼저 형의 방에 짐을 풀었다. 형의 사물 하나하나를 이사하기 전 원래 있던 모습 그대로 두었다. 형의 책꽂이를 정리하다 보니 ‘내 동생 이오에게’라고 쓰인 노트가 보였다. 그 노트를 연 순간 눈물은 더 이상 이오의 말을 듣지 않았다. 노트 안에는 카이 형이 자신에게 들려주려 했던 수학 이야기가 빼곡히 적혀 있었다. ‘이걸 나에게 알려주고 싶었어? 그럼 어서 일어나.’ 이오는 그 자리에 꿈쩍도 않고 한참을 있다가 나머지 짐을 정리했다. 그리고 다 정리된 카이 형의 방에서 기도했다.

“형이 어서 빨리 회복해서 예전의 모습으로 이 방에 오게 해주세요.”

다음엔 자신의 짐을 풀었다. 짐을 정리하는 데 집중했더니 마음이 차분해졌다. 생각도 정리가 되는 것 같았다. 차분해질수록 편집장 친구의 말이 떠올랐다.

“넌 지금 형의 고민을 들어주지 못한 자책을 하고 있어. 고통스러운 사실일수록 피하지 말고 더 직시해야 하지 않을까?”

편집장의 논리는 이오가 겪는 괴로움과 슬픔에 위로가 되지는 않았지만 틀린 말은 아니었다. 편집장의 마음을 헤아리지 못한 것 같아 미안했다. 나의 고통에 대해 정확한 말로 위로해주지 못하는 이들을 이해하는 것도 결국 자신의 몫이란 생각이 들었다. 이오는 짐을 다 정리한 후 침대에 벌렁 누웠다. 그리고 아무도 없는 방에서 속내를 꺼냈다.

"형. 사실 나 많이 섭섭해. 형은 나한테는 비밀이 없다고 생각했거든. 혼자 감당하기 어려운 문제가 있었으면 같이 풀었으면 되잖아. 형은 내가 못 미더웠던 거야?"

이오는 언제나 형에게 힘이 되고 싶었던 자신의 맘을 천장에 대고 말했다.

'형 도대체 왜 그랬어? 왜 그렇게 극단적인 생각을 한 거야?'

마음이 차분해질수록 점점 더 절실하게 알고 싶었다. 편집장을 비롯한 친구들은 어쩌면 자신이 미처 깨닫지 못한 부분을 꿰뚫어 보았던 것 같았다. 《MATHLETTER》 친구들의 제안에 불처럼 화냈던 장면이 떠올라 무안했다. 침대에 누워 한동안 생각하던 이오는 어딘가에 전화를 걸었다.

"나야, 이오. 형에 대한 기사 내가 써볼게."

그렇게 이오는 새로운 환경에서 적응을 시작하는 동시에 형에 관한 기사를 쓰기로 마음을 정했다. 그 결심의 끝엔 어떤 결말이 기다릴지 전혀 예측할 수 없었다.

2부

좋은 일이 나쁘게 될 수도 불행하다고 생각했던 일이

좋게 될 수도 있음을 어렴풋이 알았다.

계획하지 않은 인연이 자신의 삶을 더 풍성하게 만들고 있음을 느꼈다.

전학 첫날

“어제 학교에 가서 서류등록도 하고 새로운 담임 선생님도 만났어. 전입처리는 되었으니 오늘은 너만 가면 될 거야. 혼자 갈 수 있겠어? 힘들면 같이 가줄게.”

아버지는 이오의 의견을 물었다.

“병원에서 형을 간호하는 것도 힘드실 텐데……. 저까지 신경 쓰지 않아도 돼요. 저 이제 다 컸어요. 키도 아빠보다 크잖아요.”

“녀석. 이제 내가 필요 없다는 거냐.”

아버지는 힘없는 웃음을 지었다.

“그건 아니지만…… 혼자 갈 수 있어요. 염려 마세요.”

이오는 아버지를 다시 안심시켰다.

“고맙다. 이오. 우리에게 다시 좋은 날이 올 거야.”

아버지와 이오는 서로를 꼭 껴안았다. 다음 날 아버지는 병원으로 돌아가고 이오는 학교로 당차게 출발했다. 이사 온 집에서 새로운 학교로 가려면 지하철로 가다가 마을버스로 갈아타야 했다. 출근시간과 겹쳐서 지하철은 사람들로 꽉 찼다. 이오는 움직일 때마다 뒷사람들에게 부딪칠까 염려되어 백팩을 앞으로 멨다. 지하철에 사람들이 빽빽이 들어서서 앞에 서 있는 사람의 머리카락에 코가 닿을 정도였다. 이오는 시선을 어디에 두어야 할지 난감했다.

'학교 가기 전 녹초가 되겠어. 그동안 편하게 학교를 다닌 게 참 감사한 일이었네!'

일상의 소소한 감사함을 뒤늦게 깨달았다. 환경을 바꾸는 것만으로도 사람을 한 단계 성숙하게 만들 수 있다는 생각이 들었다. 몇 정거장을 간 후 지하철에서 내렸다. '지하철 독립 만세'를 외쳤다. 홀가분함도 잠시 이오는 마을버스를 타는 곳을 찾아야 했다. 주변을 살피느라 걷는 속도가 늦춰지다 보니 익숙한 길을 따라가는 사람들의 흐름을 방해하는 존재가 되었다. 몇 번을 부딪쳤다. 촌스러워 보이는 게 싫어 처음 오는 길이 아닌 척했지만 티가 팍팍 났다. 지나가는 사람에게 길을 물어보려 했지만 다들 너무 빨리 움직여서 질문을 미처 끝내기도 전에 저만치들 가버렸다. 무안해서 얼굴만 빨개졌다.

“내 동생은 눈치가 뛰어나.” 이오는 순간 형의 말을 떠올렸다. 형이 인정해준 관찰력을 믿고 사람들의 무리를 따라갔다. 다행히 마을버스를 타는 곳에 도착할 수 있었다. 뭔가 미션을 수행한 것 같아 뿌듯했다. 일이 잘 풀리려는지 마을버스도 금방 도착했다. 버스에 타서 이오는 맨 뒷자석에 앉아 일단 한숨을 돌렸다.

“한순간에 바보가 된 것 같아.”

등교 첫날이라 나름 넉넉하게 시간을 두고 출발했지만 길에서 헤매다보니 등교시간은 이미 훌쩍 지나 있었다. 버스 안엔 똑같은 파마머리를 한 할머니 몇 분만 계실 뿐 교복을 입은 사람은 이오 한 명뿐이었다. 너무 많이 늦은 것 같아 초조했다. 다음이 내려야 하는 정류장이라는 안내멘트를 듣고 이오는 일어섰다. 앞에 앉아 계시던 할머니도 자리에서 일어났다. 그런데 그때 갑자기 끼어드는 차가 나타나 버스가 급정거를 했다. 일어나던 할머니가 순간 휘청거리며 몸을 가누지 못했다. 이오는 반사적으로 넘어지려는 할머니를 부축했다.

“괜찮으세요?”

“괜찮아, 젊은이.”

할머니는 오히려 이오를 안심시켰다.

“아! 할머니! 버스가 움직일 때 일어나시면 어떡해요?”

버스 기사 아저씨가 놀랐는지 크게 소리를 질렀다. 이런 일이 적지 않은지 버스 안에는 정차 후 일어나라는 메시지가 여러 군데 적혀 있었다.

"미안해요, 기사님. 내가 늙어 몸이 굼떠요. 늦게 내리면 사람들이 싫어할까봐 미리 준비한다는 게 그렇게 됐어요."

버스에 있던 할머니들은 남의 일 같지 않다는 듯이 한마디씩 거들었다.

"기사 양반. 그렇게 소리를 지를 것까지 없잖수."

"어디 괜찮아요?"

"아이구. 학생이 아주 훌륭하네."

그러던 중 버스는 이오가 내려야 할 정거장에 거의 도착했다.

"여기 세워주세요."

미처 하차벨을 누르지 못한 할머니는 기사에게 말했다.

이오는 할머니가 내릴 때까지 천천히 옆에서 도와드렸다.

"고마워, 학생."

"아니에요. 저도 여기에서 내려요."

"이 학교 학생인가?"

"아! 네. 네."

이오는 오늘 전학 온 학교를 다닌다고 하는 게 아직은 어색했다.

“어이쿠, 미안해. 학생. 나 때문에 늦겠어. 얼른 가 보게.”

“네. 할머니. 조심히 가세요.”

이오는 할머니께 인사를 드린 후 교문을 향해 전속력으로 뛰었다. 그리고 아버지가 안내해주신 대로 교무실로 갔다. 전학을 담당하는 직원분이 이오에게 새로운 담임 선생님을 소개해주었다.

“좀 늦었네. 이거보다는 약간 일찍 와야 한다.”

“네.”

담임 선생님은 등교시간을 다시 한 번 확인해주고 이오와 함께 교실로 향했다. 가는 도중 낯선 아이의 등장을 호기심 있게 보는 아이들 몇 명과 마주쳤다.

‘잘 할 수 있어.’

이오는 속으로 생각했다. 새로운 교실 앞에 도착했다.

“잠깐만 밖에 있을래?”

선생님이 먼저 교실로 들어갔다.

“안녕하세요.”

선생님과 아이들이 자연스럽게 아침인사를 나누는 동안 한 여학생이 이오를 지나쳐서 뒷문으로 고개를 숙이고 살금살금 들어갔다. 교실에서 선생님의 소리가 들렸다.

“아리. 이 녀석! 또, 또, 아슬아슬하게 들어온다. 그냥 이름을 ‘아슬이'로 하지 그래."

아이들이 까르르 웃었다.

"죄송합니다."

이오도 복도에서 늦게 들어간 친구의 목소리를 들었다.

"그래, 오늘은 왜 늦었을까?"

"아! 오다가 넘어져서 보건실에 들렀다 오느라고요."

아이들은 아리의 말이 뻔한 거짓말이라는 듯 킥킥댔다.

"이상하다. 보건 선생님 오늘 출장이신데."

선생님의 말에 아이들이 모두 크게 웃었다.

"죄송합니다."

그 여학생은 다시 한 번 사과를 하고 자기 자리로 들어갔다.

"자자! 어찌 되었든! 오늘 새로운 친구를 한 명 소개하겠다. 이오야, 들어오렴."

이오는 교실로 들어섰다.

"우리 학교 교복 맞아?"

"교복만 입었는데 왜 이리 멋져?"

"거봐. 내가 그랬잖아. 오늘 전학 온다고."

"헐! 안됐다. 이제 곧 시험인데……."

이오가 교실에 들어서자 이오의 모습에 반해 눈에 하트가 켜진 아이들이 있는 반면 뭔가 알고 있다는 듯 심각한 눈짓을 주고받는 아이들도 있었다. 아이들은 다양한 반응으로 술렁거렸다.

"반응이 아주 뜨겁군. 자자, 전학 온 친구는 모든 것이 새로울 테니 많은 배려 부탁한다. 자, 본인이 직접 자기소개를 해볼까?"

선생님은 이오에게 본인을 소개할 기회를 주었다.

"안녕. 난 이오야. 이오는 목성의 달의 이름이자 제우스가 반한 미인의 이름이지. 내가 여자가 아니란 건 유감이지만. 잘 부탁해!"

이오는 짧고 간결하게 자신을 소개했다.

"이오라……. 이름은 마음에 드네."

아리는 전학 온 아이의 이름이 마음에 들었다.

"자리는 저기저기 맨날 늦게 오는 아이 옆자리."

아리는 새로 온 친구에게 자신의 약점을 말하는 선생님이 야속했지만 잘생긴 새 친구와 짝이 된 것으로 비긴 셈 하기로 했다.

이오는 학급 친구들의 관심을 받으며 아리 옆에 앉았다.

"만나서 반가워. 난 아리라고 해. 아까도 들었지만 별명은 아슬이고."

"잘 부탁해."

이오도 반갑게 인사했다.

들어오는 선생님마다 전학생인 이오에게 관심을 보였다. 이오는 긴장한 탓에 시간이 어찌 가는지 몰랐다. 오전이 가고 곧 점심시간이었다. 조용히 수업을 듣고 있는 것처럼 보이는 아이들은 종만 치면 급식실로 뛰어갈 수 있는 모든 준비를 마쳤다. 출발선에 시동을 켜놓은 레이싱카들 같았다.

"야! 너도 준비해."

아리가 입술을 움직이지 않고 말하는 복화술로 이오에게 말했다.

"응?"

"종 치면 난 바로 뛰어갈 거야. 밥 먹으러. 너 같이 먹을 사람 없잖아."

이오는 아리의 호의가 고마웠다. 뛰어가면서까지 밥을 먹을 생각은 없었지만 전학 온 첫날 짝의 제안을 거절할 수는 없었다.

"날 잘 따라오기만 하면 돼."

짝 아리는 오늘 본 것 중 가장 반짝이는 눈빛을 보였다. 그때, 점심시간을 알리는 종이 치고 선생님이 수업을 마치자마자 급식실로 향하는 아이들의 대이동이 시작되었다.

"야! 뛰어!"

아리의 소리에 놀라 이오는 무작정 같이 뛰었다. 복도에서 선생님을 만나면 걷다가 선생님이 계시지 않으면 뛰어서 계단을 내려갔다. 초원에서 먹이를 찾기 위해 무리 지어 이동하는 하이에나가

된 것 같았다. 신속하게 내려간 보람은 있었다. 급식실에 가장 먼저 도착했다. 급식질서를 담당하는 선생님은 이런 일이 처음은 아닌 듯 심드렁하게 한마디했다.

"아리. 전교 1등."

가장 먼저 도착한 아리는 매우 뿌듯하게 식당으로 입장했다. 다른 아이들도 서서히 급식 줄에 합류했다. 아리는 배식을 받고 햇볕이 드는 창가에 자리를 잡았다.

"여기가 우리 학교 식당 최고의 뷰를 자랑하는 자리야. 햇살도 좋고. 이렇게 창을 보고 앉으면 뒤에 어떤 아이들이 오는지 보이지도 않아. 밥을 먹는 데 방해도 안 되고 좋지. 밥 먹을 때마다 아이들이 지나가면서 인사하면 안 받아줄 수도 없고 여간 불편한 게 아니야. 하지만 이 자리는 창을 보고 식당은 등을 지고 앉기에 먹는 거에만 집중할 수 있어."

아리의 급식에 대한 열정과 노하우는 수업시간의 모습과 사뭇 달랐다.

"이런 고급 정보는 내 짝이니까 알려주는 거야. 넌 나에게 고마워해야 해."

아리는 어깨를 으쓱이며 자랑스러워했다. 이오는 그런 모습이 신선했다. 형의 일로 웃을 일이 없었는데 아리 덕에 오랜만에 웃을 수 있었다.

"고마워."

아리와 이오는 맛있게 밥을 먹었다. 식당도 아이들로 서서히 가득 찼다. 아리와 이오가 등을 지고 있는 뒷자리에도 아이들이 앉아 대화를 나누며 점심을 먹기 시작했다.

"야! 내 말이 맞지? 오늘 강전 온다는 거."

"응. 멀쩡하게 생겼던데? 심지어 잘생겼어."

"싸움 엄청 잘한다던데."

"그런데 넌 그 정보 어떻게 알았냐?"

"페이스북 친구."

"요즘 세상에 비밀이 어디 있냐? 전학 간다는 거만 알면 그 학교 다니는 아이들에게 정보 다 털잖아."

"아리는 좋아 죽던데?"

"그 맨날 밤에 별 보다 늦는다는 아이?"

"응."

"얼굴이 반반하니까 뭐 옆에 끼고 다니기엔 좋기도 하겠다."

"별 볼 일 많아 좋겠네. 밤에는 별을 보고 낮에는 별을 단 아이를 보고."

자신들과 상관없는 이야기인 줄 알던 이오는 대화 도중 아리의 이름이 나오는 순간 표정이 경직되었다. 둘은 밥을 먹던 것을 멈추고 서로를 쳐다봤다.

"저것들 그냥 확!"

일어서려는 아리를 이오가 말리며 말했다.

"우린 그냥 밥을 계속 먹으면 안 될까?"

"네가 처음 와서 아이들에게 인상 구길까봐 내가 이번 한 번만 참는다."

아리는 다시 밥을 먹기 시작했지만 표정은 썩 좋지 않았다. 형과 아버지를 생각하며 이제는 섣불리 감정적으로 행동하지 않겠다는 각오를 했던 이오는 그저 식사에 집중했다.

아리 말대로 한껏 내리쬐는 유리창의 햇살이 그런 말도 안 되는 뒷담화 정도는 말끔히 말려주는 것 같았다. 이오에게 전학 온 첫날은 그저 온전히 식사에 집중할 수 있는 자리에서 밥을 먹은 날로 조용히 지나갔다.

소수를 사랑한 형

집에서 학교까지의 길을 익히는 데는 하루면 충분했다. 다음 날 이오는 늦지 않게 학교에 도착했다. H형 구조의 건물이라 1층에서 5층에 있는 교실로 가는 방법은 여러 가지가 있었다. 어제는 교무실에서 교실로 이동하는 방법을 익혔으니 오늘은 다른 경로로 가야겠다고 생각했다. 교실로 가기 위해 어제와는 다른 방향으로 들어서는 찰나, 말소리가 들렸다.

"아리야! 너 이야기 들었지. 걔 강전이래."

이오는 자신의 얘기를 하는 것 같아 모퉁이를 돌려다 말고 한 걸음 뒤로 물러선 후 멈췄다.

"강전? 어떤 강전?"

"뭐야. 너 천연기념물이야? 강전도 몰라? 강제전학이잖아."

"그러게 내 말은 강전이 내가 아는 그 강제전학이냐고."

"그래. 너도 안 믿기지? 그러니까 사람 외모만 가지고는 모른다니까?"

"그게 사실이야? 어제 점심 때 다른 반 아이들이 말하는 거 얼핏 듣긴 했는데."

"맞아. 그쪽 학교아이 중에 그 싸움과 관련된 아이가 페이스북에 털었대잖아. 복도에서 장난 아니게 두들겨 맞았다던데? 자기는 아무 잘못도 없는데 말이야."

"그래? 그렇게 폭력적인 애로는 안 보이는데."

"원래 싸이코패스들은 웃으면서 사람 죽인다잖아."

"야! 넌 너무 많이 나가는 거 아니야?"

"아니, 난 그저 조심하라는 뜻이지. 그래도 베프니까 이런 말 해주는 거야."

"에배배배배. 난 안 들은 걸로 할래. 한쪽 말만 듣고는 모르잖아. 소문만 믿었다가 당하는 거 한두 번 겪냐? 사람은 직접 겪어봐야 아는 거야. 딱 까놓고 말해서 너 다른 아이들이 나보고 뭐라 그러냐?"

"또라이."

"그치!"

"거봐. 그것도 사실은 아닌데 지들 편한 대로 떠드는 거 아니야."

"근데 그건 사실인데, 또라이. 네 친구는 나밖에 없잖아."

"음, 네가 요즘 몸이 많이 결리는가 보구나. 어디 나의 사랑을 가득 담아 손찜질을 해줄까?"

"아! 아파! 아파! 아파! 암튼 너도 조심하는 게 좋아."

아리와 친구의 목소리가 멀어지는 것을 확인한 후 이오는 모퉁이를 돌았다.

자신과 싸웠던 '학교 대표 싸가지'가 여기까지 헛소문을 뿌렸다고 생각하니 당장에 달려가서 화를 내고 싶었다. 하지만 참았다. 아무것도 듣지 못한 척 교실로 들어섰다. 어제는 호의적이었던 아이들도 약간 경계하는 분위기가 느껴졌다. 이오는 달라진 분위기에 신경을 쓰느라 벌써 와서 자리에 앉아 있던 짝 아리에게 미처 인사를 하지 못했다.

"안녕. 인사 좀 하자."

아리가 먼저 인사를 건넸다.

"어어……. 안녕. 미안……. 오늘은 일찍 왔네?"

이오도 대답했다.

"뭐야. 너 언제 나를 봤다고 그런 말을 하냐. 내가 뭐 맨날 늦고 그러는 아이인 줄 아냐?"

이오는 버벅거리는 아리가 귀여웠다.

"최소한 시험기간에는 학교에 일찍 온다고. 그나저나 넌 우리가 곧 시험인 건 알고는 온 거냐? 어떻게 오자마자 시험이냐? 운도 없이."

이오는 사실 갑자기 전학을 오게 돼서 시험 시기까지 생각할 여력이 없었다.

"학교수업 진도도 많이 다를 텐데 어쩌냐……. 뭐 물어볼 거 있으면 나한테 말해."

"풉."

아리의 말이 끝나자 뒤에서 웃음이 터지는 소리가 들렸다.

"너도 모르잖아."

아까 복도에서 들었던 목소리였다.

'뒷자리 친구구나!'

이오는 살짝 책상 위의 이름을 봤다. 제이였다. 이오가 뒤를 돌아 쳐다보자 제이는 어색한 웃음을 지었다.

"아침에 일찍 오니 할 게 없네."

아리가 수학문제집을 꺼내며 말했다.

"야. 너 오늘 진짜 이상하다! 어디 아프냐? 수학문제집을 다 꺼내고."

제이는 아리의 등짝을 치며 말했다.

“우리 어머니께서 최소한 시험기간만이라도 공부라는 걸 해야 하지 않겠냐고 호소를 하셨지. 내가 또 효녀 아니겠니……. 성의는 보여드려야지. 그런데 시험범위가 어디냐?”

“으이고. 네가 그렇지 뭐. 책 이리 줘봐. 내가 표시해줄게.”

제이는 아리의 절친으로 보였다. 아마도 아리가 걱정이 되니 아침에도 그런 말을 해주었겠거니 싶었다. 시험범위가 접힌 문제집을 본 아리는 허세를 부렸다.

“몇 페이지 안 되는군. 오늘 하루면 다 끝내겠어.”

아리는 이렇게 말했지만 문제집을 조금 들여다보다가 금세 덮었다.

여느 때와 같이 담임 선생님의 잔소리 조회로 아침을 연 하루는 점심시간을 지나 오후가 되었다. 5교시는 수학시간이었다.

“넌 수학 좀 하냐?”

아리가 물었다. 어려서부터 형이 친절히 잘 가르쳐준 덕에 수학은 곧잘 한다는 소리를 들었다. 하지만 잘난 체한다고 할까봐 이오는 답하기를 머뭇거렸다.

“너도 나랑 같은 과구나? 수학시간에 교실에 앉아는 있지만 영혼은 없는 아이.”

아리는 대답에 머뭇거리는 이오를 자신이 생각하고 싶은 대로 해석했다. 크게 중요한 일이 아니라 이오는 웃음만 짓고 넘어갔다. 수학시간에는 시험을 얼마 남기지 않은 긴장감도 보였지만 점심시간 이후 여기저기 조는 아이들도 보였다. 그래도 아리는 깨어 있었다. 심지어 열심히 뭔가 적고 있었다.

"뭘 적는 거야?"

이오는 아리의 노트를 봤다. 그런데 노트엔 수학기호 대신 점들이 찍혀 있었다.

"꼭 공부하는 것 같지? 이게 내가 수학시간에 살아남는 방법이야. 수학 샘들은 시험 보기 전까지는 내가 수학 못하는지 모르셔."

이오는 아리의 꼼수가 놀라웠다.

"방해하지 마."

아리는 수학노트에 그림을 그리는 것에 열중했다. 정확히 말하면 점을 열심히 찍고 있었다.

'뭘 하는 걸까?'

특이한 짝을 두었다고 생각한 이오는 다시 수학문제를 푸는 데 집중했다. 펜으로 식을 쓰는데 아까부터 띄엄띄엄 써지던 글씨가 이제는 완전히 써지지 않았다. 펜의 잉크가 다 닳았다. 다른 펜을 찾아봤지만 마땅한 게 없었다. 그때 자기의 그림에만 집중하는 것 같던 아리가 펜을 건넸다.

"자, 이거 써. 난 잘 안 쓰는 거야."

이오는 무심한 듯 옆 사람을 세심하게 배려하는 짝 아리가 참 따뜻했다.

"어……. 고마워."

볼펜엔 153이라고 적혀 있었다.

"이오야! 153은 나르시시즘 수야. $1^3+5^3+3^3=1+125+27=153$. 각 숫자를 세제곱한 합이 자신이 나온단다."

이오는 볼펜의 숫자를 보자 형이 한 말이 떠올라 혼자 중얼거렸다. 그 소리를 아리가 듣고 톡톡 쳤다.

"뭐라고?"

"아냐. 그냥 혼잣말이야."

"싱겁긴."

이오는 자신도 졸린가 보다 하고 머리를 좌우로 흔든 후 아리에게 받은 볼펜으로 문제를 다시 풀어나갔다. 문제를 풀면서도 153이라는 숫자가 계속 눈에 보였다. 형이 재미있는 숫자 이야기를 해주던 기억이 스멀스멀 올라왔다.

"띨릴리리리리. 잠시 뒤 열차가 들어옵니다. 승객 여러분께서는 승강장에서 한 걸음 뒤로 물러나주시기 바랍니다."

"어! 지하철 곧 도착하나봐. 뛰자!"

이오와 카이는 달렸다. 열차를 놓치지 않기 위해 에스컬레이터를 성큼성큼 뛰어 올라갔다. 지하철의 첫머리가 시야에 들어왔다. 지하철과 동시에 도착한 이오와 카이는 탑승한 후에도 숨을 헐떡였다.

"오! 세이브!"

탔다는 안도감에 둘은 서로의 손바닥을 부딪치고 크게 웃다가 승객들의 따가운 시선을 느끼고는 문 옆으로 자리를 옮겼다.

"뛰는 거 참 오랜만이네."

숨을 고르던 형이 말했다.

"맞아. 형은 뛰는 거 싫어하잖아. 그래도 날렵하던데?"

이오는 뒤뚱거리며 뛰는 카이의 모습을 흉내 내며 웃었다. 카이는 장난은 그만하라는 손짓을 보냈다.

"그러고 보면 승강장에서 한 걸음 뒤로 물러나라고 한 말을 지켜본 적이 없어. 오히려 뒤에 떨어져 있다가도 그 소리가 나오면 다가갔거든. 심지어 오늘은 뛰어갔어."

"안 그런 사람도 있냐?"

둘은 다시 킥킥댔다.

"형이 처음으로 나를 데리고 지하철 탔던 날 기억나? 형만 믿고 가다가 엉뚱한 방향으로 가서 약속시간에 늦었다고 엄청 혼났었잖아."

"이제 잊을 때도 되지 않았니. 그러게 왜 날 쫓아오래? 허구한 날 껌딱지처럼 쫓아다니더니."

"형이 나보고 따라오지 말라고 엄청 구박했지."

이오는 옛날 생각에 입가에 미소가 지어졌다.

"그땐 내가 왜 그렇게 너를 떼어놓으려고 구박했는지 모르겠다. 시간이 지나면 어련히 알아서 떨어지는데 말이야."

"형이 뚱보형이랑 싸워서 뒹굴 때 내가 형 도와줬던 거 기억나? 내가 그 형의 발을 잡아서 움직이지 못하게 했잖아."

"하하하. 기억나. 기억나고 말고."

"아마도 내가 쫓아다녀도 구박받지 않은 게 그때부터였던 거 같은데."

"그치. 나에 대한 충성도를 몸소 보였기 때문이지. 고럼. 고럼."

"하하. 형이 싸울 때 내가 필요해서가 아니고?"

이오는 카이를 놀렸다.

"난 그때 결심했어. 누가 형 또 괴롭히면 내가 나서서 다 해결해주겠다고 말이야."

이오는 언제나 형에게 힘이 되고 싶어했다.

"그런데 뚱보형이랑 왜 싸웠어? 그 형 소식 알아?"

"기억도 안 나네. 그땐 뭔가 심각해서 싸웠을 텐데 말이야. 그 아이랑 엄청 먹으러 다녔는데. 이사 간 후로는 연락이 안 돼서."

"그때 같이 놀던 친구들 보고 싶다. 그치."

이오와 카이는 지하철 창문 밖을 바라봤다. 지하철이 강 위로 지나칠 때 강물에 태양빛이 반사되어 눈이 부셨다. 이오는 눈이 시려 실내 쪽으로 시선을 옮겼다.

"사람들이 모두 핸드폰을 보고 있네."

"무료한 시간을 달래는 데는 게임만 한 게 없잖아. 너도 핸드폰 가져왔지? 게임 하고 싶으면 해도 돼. 나 신경 쓰지 말고."

"아냐. 형하고 이렇게 이야기하는 것도 좋아. 우리가 어릴 적엔 자주 놀았지만 형이 고등학생이 되고 나서부턴 놀기는커녕 얼굴도 제대로 못 보잖아."

"넌 나를 너무 좋아해."

형은 이오의 머리를 끌어안고 머리카락을 마구 흩트렸다.

"그래도 무료할 수 있으니 함께 놀 만한 걸 찾아볼까?"

"여기서?"

"어디 보자."

카이가 주변을 둘러보며 말했다.

"저기 숫자 보여? 이 지하철의 칸을 나타내는 숫자."

이오는 시력이 좋지 않은 형을 대신하여 숫자를 읽었다.

"739397."

"오! 진짜? 우리가 어쩌면 이 칸에 탈 운명이었나 보네."

"왜?"

"739397은 뼛속 깊이 소수인 수거든."

"소수? 소수는 약수가 2개인 수인데 십만 자리 정도 되는 큰 수가 설마 약수가 2개밖에 없을라고."

"그래, 내 판단이 틀릴 수도 있으니까 앱으로 한번 확인해볼래?"

이오는 주섬주섬 핸드폰을 꺼내 수학시간에 깔아둔 적 있는 소수판별 앱을 실행시켜 739397을 입력했다.

'prime number'

결과는 형의 말대로 소수였다.

"우와, 정말이네. 이렇게 큰 수의 약수가 1과 자기 자신뿐이라니."

"그래서 말인데 직관은 옳지 않을 수도 있으니 검증을 꼭 해야 하는 법이야."

"뼛속 깊이 소수라는 건 무슨 뜻이야?"

"응. 앞자리 수부터 차례대로 등장하는 수들도 다 소수야.

7, 73, 739, 7393, 73939, 739397까지 모두."

"엥? 정말."

"더 놀라운 건 반대 방향으로 등장하는 수도 모두 소수야."

"반대 방향? 7, 97, 397, 9397, 39397?"

"확인해봐."

이오는 다시 한 번 앱으로 형의 말을 검증했다.

"진짜네. 신기하다. 진짜 뼛속까지 소수네."

"재밌는 소수지."

"소수가문의 정통혈통인가?"

"재밌네. 정통혈통이라는 표현이."

"형, 이런 소수가 많아?"

"글쎄. 거기까지는 잘 모르겠어. 흥미가 생긴 것 같으니 네가 한번 알아봐서 나에게 알려주면 좋겠다."

"형은 소수를 연구하는 거야?"

"응. 내가 주말에 가는 수학재능아 프로그램 알지?"

"응."

"거기에서는 개인과제를 하나씩 해야 하거든?"

"아!"

"난 개인과제를 소수로 선택했어."

"그렇구나. 형 말을 들으니 소수도 참 다양하네. 난 그저 소인수분해해서 약수 구하는 정도만 배워서 그게 다인 줄 알았거든."

"그게 전부는 아니지만 그게 중요한 소수의 역할인 건 맞아. 우리가 어떤 물질에 대한 특징을 알고 싶을 때 기본적으로 어떤 성분으로 이루어져 있는지 분해해서 살펴보잖아. 주어진 수가 어떤 소수들로 이루어져 있는지 파악해보는 것은 그 수를 좀 더 잘 들여다보기 위한 가장 기초적인 작업이야. 수학에선 기초가 중요한 것은 다시 말할 필요도 없고. 소수는 원자 같은 역할이라 보면 돼."

"형은 그런 이유로 소수를 연구하게 된 거야?"

"뭐. 그것도 한 가지 이유가 될 수 있겠지만 사실 그냥 소수가 좋아서 할 뿐이야. 사람들은 내가 하는 모든 일에 어떤 논리적인 근거가 있다고 생각하나 본데 솔직히 말하면 난 대부분 그냥 마음이 내키는 대로 해."

"하하. 그렇구나. 난 또 뭔가 심오한 다른 뜻이 있는 줄 알았어."

이오가 말했다.

"뭐 또 굳이 이유를 대자면……."

카이는 잠시 망설이다 말을 이어갔다.

"내가 입양된 사실을 안 후로 나는 어디에서 왔을까? 생각하지 않았다면 거짓말이야. 부모에게서 자식으로 물려진 특징을 알아보려면 유전자를 연구하듯이 소수는 수의 씨앗이니까 소수를 연구하다 보면 나의 근본도 찾을 수 있게 되지 않을까 하는 바람도 있었어. 나를 길러주신 부모님께 섭섭해서 그런 건 절대 아니고. 이해하지?"

"응. 형. 우리 선생님이 그랬는데 자신의 근본에 대한 물음은 모든 사람이 갖는 질문이래. 소크라테스도 너 자신을 알라라고 했잖아."

"소크라테스 말이 그 뜻이었나?"

카이는 크게 웃었다.

"역시 형한테 껌딱지처럼 붙어 다니니까 이런 것도 알고 지식이 높아지네. 나 혼자 탔으면 그저 한번 보고 말 숫자였는데 말이야."

"재수 없다고 생각하는 사람들도 있을 거야."

둘은 웃었다.

"형은 수학이 좋아?"

이오가 물었다.

"좋아."

카이는 한 치의 망설임도 없이 대답했다.

"어떤 사람들은 확실한 답이 있어서 수학을 좋아한다고 하는데 오히려 난 그 반대야. 삶이 불확실한 것처럼 수학은 나에게 항상 불확실한 대상이었어. 하나하나 연구할 때마다 그 문제를 해결할 수 있을지, 확실해 보이는 것이 아무것도 없었거든. 어쩌면 확실하지 않은 대상을 연구하는 데서 오는 불안이 나를 더 노력하게 했던 것 같아. 불확실한 상황을 지나 뭔가를 하나라도 확실한 대상으로 만들 수 있는 그 과정 자체가 좋아."

"멋지다. 형! 내 형이지만 존경해! 형하고 나눈 이런 이야기는 시험에 절대 나오진 않겠지만 말이야."

"맞아. 절대 나올 일은 없어. 그래도 지하철 타고 오는 동안 지루함은 조금 덜었잖아. 안 그래?"

이오는 회상에서 내릴 채비를 했다.

"야! 야! 너 자냐? 이 녀석 나보다 더한 고수네. 눈 뜨고 자는 경지잖아."

아리가 볼펜을 쳐다보며 회상에 잠긴 이오를 깨웠다. 수학시간은 이미 끝나 쉬는 시간이 되어 있었다.

그러저러하게 전학 온 학교에서의 시간은 잘 흘러갔다. 이오도 어느 정도 적응이 되었다. 어려움이 없었던 건 아니지만 이상하면서도 유쾌한 짝 아리 덕에 슬기롭게 넘어갔다. 아리가 알려준 꼼수들은 매우 효과가 좋았다. 하나하나 배우는 재미가 쏠쏠했다. 학교에 오면 아리 덕에 늘 웃을 일이 생겼다. 제이와도 좋은 친구가 되었다.

'호들갑을 떨지 않아도 진실은 언젠간 드러나는 법이지.'

이오는 자신을 둘러싼 소문에 대해 변명을 하는 대신 시간을 같이 보내면서 사실이 아님을 보여주는 편이 더 진실성 있게 다가갈 것이라 생각했고 그 바람은 이루어졌다. 제이는 강제전학을 비롯한 이오의 소문에 대해 더 이상 말하지 않았다. 갑자기 치르게 된 시험도 그럭저럭 본 것 같았는데 좋은 결과가 나왔다.

"야! 빅뉴스! 빅뉴스! 이오가 1등 했대."

"요즘은 공부를 너무 잘해도 강전이 되나보다."

아리가 제이를 보며 짓궂게 농담을 했다. 제이는 소문으로만 친구를 섣부르게 판단했던 자신의 경솔함을 이오에게 들킬까 아리가 더 떠벌리지 못하게 팔꿈치로 쿡 찔렀다.

"야! 너 그럼 오늘 한턱 쏘는 거니?"

아리가 이오의 어깨에 손을 올리며 말했다.

"그럴게. 내가 이렇게 잘 적응할 수 있었던 건 모두 너희 둘 덕분이야."

이오는 최근에 새롭게 배운 것이 있었다. 누구든 갑작스러운 일로 예측하지 못한 이별이나 헤어짐을 경험할 수 있기에 얼굴이 간지럽고 쑥스러워도 진심은 묵히지 않고 그때그때 표현하기로 다짐했다.

"보면 볼수록 고수야 고수. 여자 맘을 너무 잘 알아."

아리가 실눈으로 이오를 바라보며 말했다.

"그럼 요즘 핫한 곳으로 가자! 내가 안내할게."

신이 난 제이는 앞장서서 어딘가를 향해 걸어갔다.

유전자 편집 피자가게

"우와! 맛있겠다."

아리가 피자 한 조각을 막 잡으려는 순간 제이가 막았다.

"잠깐. 사진부터 찍고."

아리는 입을 삐죽이며 피자를 다시 놓았다.

"여기가 요즘 핫한 음식점이야. 인테리어가 실험실 같지? 특이해서 좋아. 이것 봐, 컵도 비커 모양이야."

제이는 특이한 인테리어에 열광하며 사진을 찍느라 정신이 없었다.

"그러세. 특이하네. 그런데 이제 먹어도 되냐?"

아리의 관심은 오직 피자에만 있었다.

"잠깐만 기다려. 몇 장만 더 찍고. 이렇게 새롭고 특이한 곳에서 사진을 찍어 SNS에 올리면 반응이 확 오거든."

꽤 많은 사진을 찍고 나서 제이가 말했다.

"이제 먹자!"

제이의 허락이 떨어지자 멀거니 앉아 있던 이오와 아리는 신속하게 피자 한 조각씩을 집어 들었다.

"근데 여기는 왜 실험실 분위기로 한 거야? 먹는 음식과 실험실은 어울리지 않는 것 같은데."

아리가 물었다.

"왜 요즘은 게놈을 편집해서 재배된 식품을 사용하는 식당이 트렌드잖아."

이 식당을 안내한 제이가 말했다.

"게놈? 욕이야?"

아리는 피자를 우걱우걱 먹으며 심드렁하게 말했다.

"무식하긴. 넌 과학시간에 잤냐?"

제이가 황당하다는 듯이 아리를 쳐다봤다.

"응. 대부분은 그렇지."

아무렇지도 않은 아리의 표정이 이오는 너무 웃겼다.

"으이구."

제이는 할 말이 없다는 듯한 표정으로 피자를 먹었다.

"근데 내가 얼마나 힘들게 자는데 그 노력은 알아줘야 해."

아리 역시 한마디도 지지 않았다.

"야! 1등 앞에서 그러고 싶냐? 체면 좀 유지하자."

이오는 티격태격하는 제이와 아리의 사이가 부러웠다.

"게놈은 하나의 생물이 지니고 있는 유전 정보의 총합인데 그걸 뭐 어떻게 편집하면 원하는 대로 품종을 개량할 수 있대. 엄마랑 지난번에 참치회 먹으러 갔었거든. 그 집이 게놈을 편집한 참치를 취급하는 식당이었는데 벌써 개업한 지 10년이 넘었다던데? 처음 식당을 열었을 때는 자연산이 아니라고 싫어하던 사람들도 그 집 다랑어에 자연산보다 몸에 좋은 성분이 더 많이 들어 있고 살집도 두툼하다고 소문이 나면서 지금까지 장수하는 가게가 된 거지. 최근에는 메뉴에 향기 나는 생선회도 개발했다고 하더라고."

제이는 유전자 편집을 통해 나온 재료를 사용하는 식당에 대해 잘 알고 있었다.

"난 비린내가 싫어서 생선을 잘 안 먹는데 그 식당이 나에겐 딱이겠군. 앞으로 이런 가게가 계속 늘어나긴 하겠다."

아리도 이제 이해가 된 듯 식당을 다시 한 번 살피며 말했다.

"그렇겠지."

제이가 말했다.

"요리사와 과학자가 원래 비슷한 옷을 입었던 게 다 이유가 있나

보다."

아리는 아리다운 결론을 냈다.

"그런 결론을 내는 네가 더 신기하다."

제이가 말했다.

"이게."

아리는 손을 들어 때리는 시늉만 하다 내렸다.

"제이야, 넌 이 분야에 관심이 많았었나봐."

이오가 물었다.

"응. 사실 탐구보고서 주제로 이걸 정해보면 어떨까 생각하고 있었거든."

제이가 말했다.

"탐구보고서가 뭐야?"

이오가 물었다.

"우리 학교는 늘 방학과제로 탐구보고서를 써야 하거든. 시상도 있어. 작년에 아리와 팀을 이뤄서 했는데……."

말을 하다 말고 제이는 아리를 째려봤다.

"거의 제이가 혼자 다 했지."

아리가 고백했다.

"미안하긴 한데, 난 정말 싫어. 왜 수학, 과학에 관심 없는 모든 아이들이 그 과제에 참여해야 하는 거지?"

아리가 불평했다.

"유전자 편집 문제만 하더라도 일부 과학자들의 문제로 한정시킬 수는 없잖아. 과학이 발달할수록 사회적 합의를 거쳐야 하는 문제는 많아질 거고 그러기 위해서는 비과학자인 일반 시민들도 과학지식이 필요한 법이지. 그런 소양을 기르려는 목적에서 이 대회를 하는 거고. 모르면 당하는 건 가장 평범한 사람들이잖아."

제이가 말했다. 제이가 과학문제에 상당히 열정적인 아이임을 이오는 새삼 깨달았다.

"이번엔 우리 셋이 같이 할래?"

제이가 제안했다.

"우리 엘리트 이오가 들어오면 나야 뭐 완전 땡큐지."

제이는 이오를 쳐다봤다.

"같이 끼워주면 오히려 내가 고맙지."

이오는 아리와 제이를 보며 말했다.

"끼워주는 게 아니라 거의 네가 주도를 해야 할 거야. 우리 실력 알잖아."

제이가 말했다.

"날 너무 좋게 평가해줘서 고마워. 내가 도움이 될 수 있는 부분이 있다면 난 좋아."

이오가 말했다.

"그럼 약속한 거다! 배신하지 않기."

제이는 약속을 하자는 의미로 새끼손가락을 보였다.

"신난다. 어떤 주제가 좋을지 미리 생각해두자. 대회공지 뜨고 나서 정하면 늦거든."

제이는 적극적이었다. 아리는 탐구보고서에는 관심이 없다는 듯 듣는 둥 마는 둥 컵의 바닥이 드러나 소리가 날 때까지 콜라를 마셔댔다. 이오는 수학과 과학을 싫어하는 아리도 흥미 있을 만한 주제를 생각해봐야겠다는 생각을 했다.

"그런데 이오야."

"응. 뭐 더 먹고 싶은 게 있어?"

이오는 아리를 봤다.

"야! 뭐! 내가 꼭 먹는 것만 바라는 애인 줄 아냐?"

조금 진지한 이야기를 하려던 아리는 이오의 반응에 무안한 표정이었다. 제이는 아리가 무슨 말을 하려는지 아는 눈치였다.

"왜?"

이오가 다시 물었다.

"전학은 왜 온 거야?"

피자집의 세 사람은 조용해졌다. 아리는 사실 이오가 강제로 전학 온 아이라고 들었던 날 바로 묻고 싶었다. 하지만 이오가 스스로 말해줄 때까지 기다렸다. 이오는 갑자기 받은 질문에 어떻게 답해야 할지 감이 서지 않았다.

'어디서부터 이야기를 꺼내야 할까? 그 뉴스의 주인공이 우리 형이라고 말해야 할까? 그럼 그 수많은 가짜 사연들도 이 친구들이 알게 될 텐데……. 이 아이들은 어디까지 내 상황을 알고 있을까? 나는 괜찮지만 형의 사생활을 친구들에게 말하는 것이 맞을까?'

소리만 나지 않을 뿐 이오의 머릿속에선 수많은 생각들이 분주하게 오고 갔다. 그냥 이사를 와서 전학을 왔다고 말하려고도 했지만 자신을 진심으로 맞이해준 친구들에게 그러고 싶지 않았다.

"사실……."

이오는 신중하게 말문을 열었다. 이오는 그간의 일을 조곤조곤 말했다. 짧지 않은 이야기를 마친 이오 앞에서 두 아이는 각자의 컵을 한참 응시했다. 얼마 지나 아리가 말을 했다.

"우린 너와 친해질수록 너에게 있는 그늘이 궁금했어. 우리에겐 가벼운 이야기만 해서 넌 우리를 겉으로 사귀는 아이라 생각했지. 오늘에서야 비로소 속을 터놓는 친구가 된 것 같네. 우리가 너에게 힘이 되었으면 좋겠어. 너의 형에게도."

시종일관 툭탁거리던 아리와 제이는 한마음 한뜻으로 이오를 응원했다.

한밤의 별 산책

이오, 아리, 제이는 학교 안팎에서 우정의 시간을 차곡차곡 채워 갔다. 그러는 동안 아리의 수학노트도 점으로 차곡차곡 채워졌다. 어느 날 이오는 아리의 수학노트를 한참 들여다봤다. 거의 채워졌음에도 무엇을 그리는지 감을 잡을 수는 없었다.

"아리야. 도대체 뭘 그리는 거야?"

이오에겐 아리가 그저 시간을 때우기 위해 낙서를 하는 정도로 보였다.

"야! 나의 작품을 대놓고 무시하는 거냐? 이게 뭔지 왜 몰라."

아리는 어이가 없다는 듯 이오를 향해 투덜댔다.

"잘 모르겠어. 미안해."

이오는 솔직히 말했다.

"원래 고흐도 살아 있을 땐 그림의 가치를 인정받지 못했지. 천재는 외로운 법이야."

아리는 손을 이마에 대고 고뇌에 찬 표정을 지었다.

"이제 때가 된 것 같다."

아리는 말했다.

"때?"

이오는 항상 엉뚱한 아리가 오늘은 무슨 제안을 할지 솔깃했다.

"오늘 시간 어때?"

아리의 눈빛이 반짝였다.

"별일 없어."

이오가 말했다.

"그럼 이따가 저녁 먹고 나와."

"저녁 먹고? 그렇게 늦게?"

"그래. 너에게 보여줄 게 있어."

"그런데 밤에 나가려면 아빠한테 허락을 받아야 해. 걱정하시거든."

"그렇겠네."

이오는 아리 앞에서 바로 병원에 계신 아버지께 문자를 보냈다.

'잘 다녀와. 집에 들어오면 늦어도 문자 보내라.'

아버지의 메시지를 보고 이오와 아리는 서로의 손뼉을 마주쳤다.

"그럼, 우리 동네에 있는 산책로 시작점 알지? 거기서 8시에 보자. 밤이 되면 추워지니까 옷은 단단히 입고 와."

아리는 진지했다. 이오는 아리가 이번엔 어떤 꼼수를 알려주기 위해 학교 밖에서 만나길 제안하는 걸까? 무지 궁금했다. 이오는 약속 시간에 늦지 않게 나갔다.

'밤을 구경한 게 언제였던가?'

형을 간호하기 위해 병원에 머무는 시간이 많은 아버지의 걱정을 덜어드리려고 이오는 학교가 끝나면 집으로 곧장 돌아와 잘 들어왔다는 메시지를 보냈다. 형이 입원한 이후 이오에게 밤은 잊혀진 시간이었다. 그 밤의 시간이 아리 덕분에 오랜만에 부활한 것이다.

"벌써 와 있었네?"

약속한 장소에 아리가 나타났다. 학교에 올 때도 가방을 잘 메지 않는 아리는 군인들의 야전 배낭 같은 것을 메고 있었다. 이오는 그 모습에 웃음이 터졌다.

"하하. 왜 이렇게 짐이 많아? 뭐가 들었어?"

이오는 호기심 가득한 눈으로 가방을 만졌다.

"야야! 손 얹지 마. 무거워."

아리가 말했다.

"내가 멜게. 이리 줘."

이오는 아리의 가방을 들어주려 했다.

"됐어. 나에게 이 정도는 기본이야."

아리는 거절했다.

"자꾸 내 힘 빼지 말고 넌 그저 잘 따라오기나 해. 어두우니까 조심하고."

아리는 산책로에 들어섰다. 산책로는 완만하게 시작되었다. 이오는 아리의 뒤를 따라갔다. 산책길로 들어설수록 도시의 강한 불빛이 서서히 사라지기 시작했다. 산책로에는 희미한 등이 얼마간의 간격으로 켜져 있어 시야가 그렇게 나쁘진 않았다.

"어디 가는 거야?"

이오는 궁금했다.

"나의 아지트."

아리는 짧은 답만 하고 계속 올라갔다. 나지막한 산기슭의 산책로가 끝나자 희미한 등마저도 없는 산길이 나타났다. 아리는 가방에 매달려 있던 드론전등을 꺼내 산길을 비췄다. 드론전등은 센서로 사람과의 간격을 유지하면서 시야를 밝혔다. 드론은 아리를 잘 따라갔다.

"넌 날 잘 따라와."

아리는 이오에게 씩씩하게 말했다.

시내에서 조금만 떨어져도 이렇게 어두웠다니 새삼 놀라웠다. 밤의 산속은 뒤에서 뭔가가 따라올 것만 같은 암흑이 이어져 은근히 무서웠다. 이오는 아리에게 좀 더 바짝 붙어 따라갔다. 아리는 큰 배낭을 메고도 힘든 내색 없이 점차 가팔라지는 어두운 산길을 잘도 올랐다.

오로지 오르는 것에만 집중해서일까? 이오는 산에 높이 올라갈수록 머릿속이 깨끗이 정화되는 기분이 들었다. 모든 잡념이 사라졌다. 어디로 가는지 궁금했던 것조차도 사라졌다. 한 시간 정도의 오르막길을 걸어 이오의 숨이 한껏 차오를 즈음 아리가 멈춰 섰다.

"여기야."

아리가 멈춘 곳은 등산객들이 중간에 쉬어갈 수 있도록 만들어 놓은 정자가 있는 터였다. 비교적 평평하고 무엇보다 나무가 없어 시내 전경이 눈에 들어왔다.

"우와!"

도시의 아름다운 야경을 본 이오는 저절로 감탄사가 나왔다. 어두운 산길을 땅만 보고 아무 생각 없이 걸어온 보람을 느꼈다. 이쪽 저쪽을 다니며 도시야경을 감상했다. 화려한 도시야경에 빠져 있던 이오는 시선을 하늘로 보냈다. 오랜만에 마주하는 밤하늘이었다.

"별이 안 보이네?"

이오는 다소 실망한 목소리로 하늘을 쳐다봤다. 그러길 잠시 뭔가 대단한 발견을 한 듯 외쳤다.

"아니네. 별이 있네. 별이 있었네. 처음엔 모두 까만색인 줄 알았던 밤하늘 여기저기서 하나씩 별들이 나타나네."

이오는 눈을 다시 감았다가 뜨기를 반복해서 고개를 뒤로 젖힌 채 밤하늘을 바라봤다.

"별이 숨어 있다가 얼굴을 내미는 것 같아!"

흥분한 이오를 귀엽다는 듯 쳐다보며 아리가 말했다.

"원래 밝은 빛을 보다가 바로 하늘을 보면 별이 잘 안 보여. 눈이 어둠에 적응해야 보이기 시작하지."

이오는 낯선 산속에서 신선한 공기, 하늘의 별이 주는 묘한 감동에 흥분했다. 오랜만에 보는 별에 이오의 마음은 괜히 뭉클해졌다. 그런 이오의 뒤편에서 아리는 능숙한 솜씨로 뭔가를 설치하기 시작했다.

"됐다."

혼자 바빴던 아리 옆엔 삼각대 위에 근사한 카메라가 놓였다.

"그래. 이것까지 설치해야 내 완벽한 아지트지."

아리가 말했다. 아리는 삼각대 옆에 자리를 깔았다.

"너도 여기 앉아봐. 누우면 더 대박이야."

아리는 하늘을 보고 누웠다. 이오도 따라 누웠다. 생각보다 추웠지만 아직까진 견딜 만했다.

"핫팩이 있어. 필요하면 말해."

이오는 아리를 늘 덤벙거리는 아이로 봤다. 하지만 지난번 볼펜 잉크가 다 닳아 써지지 않을 때도 그렇고, 추워하는 자신을 신경 써주는 지금도 그렇고 친구의 마음속에 이미 들어온 듯 섬세하게 살피는 모습에 다시금 놀랐다. 눈치는 확실히 자신보다 한 수 위 같았다.

"이곳은 어떻게 알았어?"

이오가 물었다.

"아빠 덕분에 알았지."

아리가 아버지를 말한 건 처음이었다.

"아빠는 천문학자셨거든."

"천문학자? 멋지시다!"

"늘 엄마와 나하고는 떨어져서 지내셨어. 산속 천문대에 근무하셨거든. 아주 자수 뵈면 한 달에 두 번 정도 뵈었던가?"

"그렇구나!"

"거대한 망원경도 좋지만 맨눈으로 별을 보는 즐거움을 가르쳐 주셨지."

아리는 하늘을 보며 담담히 말했다. 이리 뛰고 저리 뛰며 덤벙거리고 산만하던 낮에 만났던 모습과는 대조적이었다.

"저 아래 도시는 밤이 없어. 도시에 머물던 밤들은 쫓기고 쫓겨서 여기 산속으로 숨었거든."

아리의 말에 이오는 고개를 끄덕였다.

"도시의 불빛이 가까우면 별은 보이지 않아. 별을 보는 데 도시의 빛은 공해지."

아리는 별의 전문가 같았다.

"사실 난 일찍 자고 일찍 일어나는 스타일이라 밤이 주는 매력을 잘 알지 못해. 형이 입원한 후엔 늘 집에 잘 도착했다는 안부를 아빠에게 전해야 해서 밤 시간은 나의 하루에서 삭제됐거든. 어둠 속에서 앉아 별을 보니 그동안의 밤이 너무 아까워지려 해."

이오가 말했다.

"난 너와 반대야. 밤의 별 산행을 자주 와. 그래서 엄마의 속이 까만 밤처럼 타셨어. 엄마는 내가 별을 보는 걸 좋아하지 않아. 아빠처럼 될까봐."

"왜? 천문학자면 얼마나 멋있는데?"

"그게 말이야……."

아리는 호흡을 한번 끊고 말을 이었다.

"아빠는 밤에 별을 보러 가셨다가 산에서 실족해서 돌아가셨어."

이오는 머리를 한 대 맞은 것 같았다. 항상 밝은 아이라 아버지를 사고로 잃은 슬픔이 있다는 건 전혀 상상도 못 했다. 아리의 사정을 헤아리지 못한 채 자신의 고민만 늘어놨던 것이 미안하고 무안했다. 한편으론 자신의 마음을 꿰뚫어보는 것 같았던 아리의 독심술이 이해가 되었다. 마음을 지구에 비유한다면 일상적 경험에서 겪는 감정은 마음의 지각에만 머물지만 가족을 잃은 것과 같은 큰 슬픔은 마음의 핵까지 닿기 때문에 아리는 밤하늘처럼 깊이 있는 마음을 갖게 된 것 같았다. 그 깊은 마음은 상대방이 필요한 것을 말하기도 전에 챙겨주는 배려로 드러남을 알 수 있었다.

"엄마는 내가 아빠처럼 될까봐 늘 걱정하셔. 아빠가 남긴 별에 대한 흔적은 사소한 것 하나도 일부러 남겨두지 않으셨어. 그런데 사람 속이 뭐 마음대로 돼? 피는 못 속인다고 하잖아. 지금은 포기하셨지."

아리는 계속해서 말했다.

"밤은 아빠를 가져갔지만 그로 인해 슬픔에 빠진 나를 치유한 것도 밤이야. 별이 나를 위로했지. 처음에 원망스러웠던 밤과 별이 이젠 그저 고마울 뿐이야."

이오는 왜 아리가 아침에 가끔 늦는지 이제 알 수 있었다. 아리는 힘들 때마다 밤과 별의 위로를 받았던 것이다. 겉으로는 아무 걱정 없어 보이는 사람들도 모두 한 가지씩의 슬픔과 걱정은 안고 사는 건 아닐까란 생각이 들었다. 둘은 아무 말 없이 밤하늘을 바라봤다. 시간이 지날수록 보이지 않던 별들이 새록새록 더 많이 나타났다.

"이쯤 되면 찍어도 되겠다."

아리는 자리에서 일어나 카메라를 잡았다.

"뭘 찍는데?"

이오가 같이 일어나며 물었다.

"밤하늘! 프랑스 천문학회에선 매년 야경사진대회를 열거든. 우리 아빠도 출품하셔서 상을 타신 적이 있어. 나도 한번 해보려고. 내가 밤에서 위로받았듯 내가 담은 밤의 사진으로 누군가의 위로가 될 수 있지 않을까 해서 말이야."

아리가 말했다.

"와! 아리야, 너무 멋지다."

이오는 아리를 응원했다.

"선명한 달도 좋지만 오늘처럼 경계가 흐린 달도 찍으면 멋지지."

아리는 신중하게 카메라 렌즈, 조리개 등을 조절했다. 낮에 학교에서 볼 때는 아리가 뭔가에 집중하는 모습을 거의 본 적이 없는데 밤의 산속에서 아리의 집중력은 별 이상으로 빛을 뿜었다.

이오는 사진을 찍는 아리를 바라봤다. 카메라 렌즈에서 눈을 뗀 아리는 자신을 바라보는 이오와 눈을 마주쳤다. 이오는 순간 볼이 발개졌다. 이오는 발개진 볼이 어두워서 들키지 않았기를 바랐다.

"혹시 달 지도라고 알아?"

아리는 화제를 전환했다.

"달에도 지도가 있어? 처음 듣는데?"

이오가 답했다.

"나도 아빠한테 들었어. 달의 지도를 만들었다니 놀라웠지."

"달 지도를 만들려면 망원경부터 있어야 할 것 같은데 그럼 혹시 갈릴레오가 만들었어?"

이오는 자신의 과학상식을 총동원하여 나름 추측해봤다.

"역시 1등답군. 많이 근접했어. 갈릴레오도 달 지도를 그리긴 했는데 그보다 반 년 전에 이미 달 지도를 그린 사람이 있었대. 토머스 해리엇이란 영국 천문학자. 또 수학자이기도 했다더군. 세상은 공평하지 않아 재능을 너무 몰아주셔. 수학은 나한테도 좀 나눠주시지."

이오는 유창한 지식을 말하는 아리가 수학이나 과학시간에 맨날 자거나 그림을 그리던 아리와 같은 사람인가 싶었다.

"토머스 해리엇은 자신의 업적을 드러내는 것을 원치 않던 성격이었대."

"그러기 쉽지 않은데."

이오가 말했다.

"아빠가 보여줘서 해리엇의 달 지도를 본 적이 있어. 지구에서 본 달의 낮과 밤의 경계, 위난, 고요, 풍요를 나타내는 달의 바다가 그려져 있어. 달의 표면에서 어둡게 보이는 부분을 '달의 바다'라 부른대."

아리는 아버지께 들은 이야기를 조곤조곤 들려주었다.

"참! 형이 수학을 좋아한다고 했지? 그럼 형한테 가서 말해도 흥미로워할 거야. 달의 분화구에 수학자 이름을 붙였거든."

"엥? 달에 수학자 이름이 있다고?"

이오가 놀라 되물었다.

"달에는 크레이터라고 움푹 파인 구덩이 모양의 지형이 30만 개 정도 있대. 천문학자들이 발견할 때마다 이름을 붙이기 시작해서 벌써 9천 개가 이름을 갖고 있는데 그중에 수학자 이름이 붙은 크레이터가 있다고 해."

"그래? 당장 찾아봐야겠다."

이오는 스마트폰으로 달 표면의 구멍에 붙여진 수학자 이름을 찾아봤다.

"진짜네. 진짜야. 가우스, 유클리드, 푸아송, 페르마, 히파티아 등등의 이름을 갖고 있어. 형한테 꼭 말해줘야겠다. 알려줘서 고마워. 그리고 이런 밤의 시간을 나에게 선물해준 것도."

"형은 좀 어때?"

"점차 좋아지고 있대. 아직 만나진 못했어. 언젠가 형에게 전해주려고 학교생활 이야기를 적어두고 있어. 그 내용의 대부분은 아마 네가 될 거야."

"쑥스럽군. 형한테 내 말 좀 잘 해. 잘못하면 또라이로 생각하실라."

"절대 그런 일은 없을 거야. 형도 너를 좋아할 거야."

이오는 형을 핑계 삼아 자신의 마음을 표현했다.

"꾸르르륵 꾹꾹. 찌르륵 찌릭. 호오오옥."

밤의 산속에서 나는 다양한 자연의 소리가 몽글몽글 피어오르는 둘 사이의 쑥스럽고 어색한 분위기를 깼다.

"별을 보니 형 생각이 나. 다른 건 나에게 늘 양보하면서도 크리스마스 트리 꼭대기의 별은 꼭 형이 달아야 했거든. 형이 회복되면 여기에 함께 오고 싶어."

이오는 밤하늘을 보며 바람을 말했다.

"신화에 등장하는 영웅들은 어려운 시기를 반드시 거치는 모험을 했어. 물론 결론은 해피엔딩이었고. 어쩌면 너희 형도 지금 그 어두운 시기를 거치는 중인가봐. 더 큰 사람이 되려고 말이야. 그러니 기운 내, 이오."

아리는 이오의 소원이 이루어지길 응원했다. 고맙다는 말을 하면 눈물이 나올 것 같아 이오는 어떤 말도 하지 못했다. 아리는 밤하늘 사진을 촬영하기 시작했다. 몇 장의 사진을 찍은 후 아리는 다시 카메라를 조절했다. 그러더니 자리에 앉았다.

"춥지 않아? 오래 밖에 나와 있어서 많이 추울 텐데……."

"응. 좀 춥네."

"돌아갈까?"

아리는 이오를 배려했다.

"보통 너는 몇 시까지 있어?"

"그때그때 달라. 사진을 찍지 않을 때는 금방 내려갈 때도 있고 원하는 사진이 안 나올 때는 나도 모르게 늦을 때도 있고. 겁이 없지. 그런데 새벽에 산에 올라와서 나한테 나쁜 짓 할 부지런한 범죄자가 설마 있을까 생각하면 마음이 편해."

"강심장이네. 강심장."

"안 되겠다. 오늘은 처음이니 이 정도로 하고 내려가자."

아리는 주섬주섬 짐을 챙겼다.

"내려갈 때 그 가방은 내가 멜게."

이오가 제안했다.

"안 돼. 이 카메라가 얼마짜린데. 내가 조심히 다루는 법을 아니까 내가 멜 거야."

아리는 내려갈 때도 배낭을 양보하지 않았다. 올라올 때보다 더 어두워진 길이었지만 신선한 경험을 한 덕에 이오의 마음은 오히려 밝아졌다. 이오는 아리를 따라 내려갔다. 산속 어둠의 깊이보다 더 깊은 아리의 맘이 고마웠다. 한참을 내려와 처음 출발했던 산책길 입구에 다다랐다.

"자, 이제 헤어져야 할 시간인데……. 내가 널 여기를 데려온 이유를 아직 말 안 했어. 혹시 알아챘어?"

아리가 이오를 쳐다봤다.

"응?"

이오는 도무지 감을 잡을 수 없는 표정으로 머리를 긁적였다.

"치. 뭐야. 너 정도 센스면 알아챌 줄 알았는데……. 내 그림 말이야. 수학시간에 내가 그리는 그림이 뭔지 알겠어?"

이오는 수학시간에 그리는 아리의 그림을 다시 한 번 떠올리다가 아주 크게 외쳤다.

“아! 그래!”

아리는 뒤를 돌아 손을 흔들며 유유히 걸어갔다.

“잘 가라. 내일 보자!”

수학시간에 그린 아리의 그림은 이곳에서 바라본 밤하늘의 별지도였다. 이오는 친구들에 대한 생각이 많이 바뀌었다. 처음 봤을 때는 드러나지 않았던 모습들이 시간을 함께 보내면서 쏘옥쏘옥 나타났다. 처음엔 보이지 않았던 별들도 눈이 어둠에 적응하고 나서야 하나하나 보였듯이. 식당에선 제이의 과학에 대한 열정에 놀라고 밤에 보는 아리의 진지함에 놀랐다. 원치 않는 전학이었지만 그 일로 맺어진 인연에 감사했다. 좋은 일이 나쁘게 될 수도 불행하다고 생각했던 일이 좋게 될 수도 있음을 어렴풋이 알았다. 계획하지 않은 인연이 자신의 삶을 더 풍성하게 만들고 있음을 느꼈다.

아침이 되었다. 이오는 전학 온 후 처음으로 지각을 했다. 조회시간은 이미 시작되었다. 이오 뒤엔 아리가 따라왔다. 둘이 멋쩍게 교실로 들어섰다.

“뭐냐, 너희? 이제 짝이라고 지각도 같이하는 거야?”

아리 혼자 지각했을 때보다 선생님의 목소리가 두 배로 컸다.

“이오가 아리에게 물들었군. 물들었어.”

선생님은 이오의 지각을 아리의 탓으로 돌렸다.

“죄송합니다.”

아리는 그런 오해쯤은 아무렇지도 않다는 듯 인사를 하고 자리에 앉았다. 이오는 아리와 처음 만났던 날이 떠올랐다. 하지만 아리는 더 이상 태만한 지각생으로 보이지 않았다.

3부

이오의 머릿속엔 서로 다른 장소에서

수집한 이야기가 직소 퍼즐 조각처럼 흩어져 있었다.

그 이야기 조각들은 서로 밀어내는 힘을 가졌는지

좀처럼 하나의 그림으로 맞춰지지 않았다.

기자 이오

새로운 환경에 안정적으로 정착해가면서도 이오는 편집장과의 약속을 잊지 않고 있었다. 형에 대한 기사를 취재하는 과정에서 어떤 진실과 마주하게 될지 모른다는 두려움도 있었지만 기자로서 한 약속은 꼭 지키고 싶었다.

"불확실한 것을 확실한 대상으로 만들어가는 그 과정이 좋아."

이오는 형이 수학을 좋아하는 이유를 떠올렸다. 그와 마찬가지로 불확실한 것 중 하나만 확실하게 만들어도 기사를 쓰는 과정은 가치가 있다고 생각하며 이리저리 흔들리는 마음을 다잡았다.

취재를 위해 이오가 처음 방문지로 선택한 곳은 엘 박사의 연구소였다. 방문할 곳에 대한 치밀한 사전 준비와 빈틈없는 계획으로 학교로부터 체험학습을 다녀와도 좋다는 허락을 비교적 쉽게 받았다. 엘 박사의 연구소는 형이 참여했던 캠프가 열렸던 대학교에서 멀지 않은 곳에 자리해 있었다. 엘 박사님의 댁도 그 근처라고 형에게 들은 적이 있다. 엘 박사님은 쉽게 만나기 어려울 줄 알았는데 급하게 연락을 드렸음에도 흔쾌히 미팅시간을 마련해주었다. 수학 강국들의 수업시간을 꾸밈없이 담아 바람직한 수학수업의 방향을 찾아 보급하는 것이 연구소가 하는 주요 일 중 하나였다. 그러기에 연구소에는 전 세계에서 녹화해온 수학 수업 영상을 디지털로 변환해 저장해둔 교육자료가 방대했다. 혹시나 자신이 졸거나 딴짓할 때 찍힌 영상이 있을지도 모른다는 생각에 당황스러웠지만 다행히 이오가 다녔던 학교 자료는 거기에 없었다.

연구소에 들어가는 길은 공원이 잘 조성되어 있었다. 다소 쌀쌀한 날씨에도 사람들은 공원에서 편안히 책을 읽거나 대화를 나누고 있었다. 그곳에 근무하는 사람들처럼 보였다. 약속시간보다 일찍 도착한 이오를 먼저 맞이한 사람은 박사님의 조교였다.

"박사님이 지금 외부에 계세요. 연구실에서 기다리시면 곧 도착하실 겁니다."

조교는 이오가 먹을 간식과 음료를 준비해두고 연구실을 나갔다. 이오는 연구실을 쭈욱 둘러봤다. 무수히 많은 전공서적이 꽂힌 책장에서 뿜어내는 아우라가 대단했다. 이오는 자리에 앉기 전에 책장만 한참 쳐다봤다.

'박사님들은 책을 참 많이 읽으시는구나!'

새삼 놀랐다. 연구실은 생각보다 넓고 창이 커서 시야가 탁 트였다. 연구실 책상에 앉으면 보이는 통 유리창에는 공원의 평온한 모습이 펼쳐졌고 책상 뒤의 작은 창 너머로는 건너편 시내의 마천루가 보였다.

'밤에는 야경이 끝내주겠는걸?'

이오는 아리와 야경을 구경한 후로는 어느 곳이든 밤의 풍경도 함께 생각해보는 습관이 생겼다. 이오는 책상으로 시선을 옮겼다.

'액자 모양이 특이하네!'

독특한 문양의 액자가 이목을 끌었다. 액자에 담긴 사진을 보려는 찰나 연구실 문이 열렸다. 엘 박사가 환한 미소를 머금고 들어왔다. 다소 긴장했던 이오의 마음이 풀렸다.

"안녕하세요. 이오라고 했나요? 만나서 반가워요. 먼 곳에서 오느라 피곤하죠?"

엘 박사가 들어오자마자 인사를 건넸다. 말의 속도가 빨라서 이오의 온 신경이 귀로 모였다.

"여기 앉아요."

이오는 엘 박사가 안내해준 의자에 앉았다. 혹시나 자신의 실수로 형과 엘 박사님의 관계에 누를 끼칠까봐 조금 긴장되었다.

"연구실 전경이 멋져요."

이오는 연구실을 본 소감으로 대화를 시작했다.

"그렇죠? 교수연구실 중 가장 좋은 전경을 가진 곳이죠. 운이 좋았어요."

엘 박사는 입고 온 외투를 옷걸이에 걸은 후 이오가 앉아 있는 쪽으로 왔다. 그러고는 테이블에 놓인 간단한 음료와 간식을 보며 말했다.

"아직 손을 대지 않았네요. 어렵게 생각 말고 편히 들어요."

"네. 감사합니다."

이오가 조심스럽게 음료를 드는 순간 연구실 전화벨이 울렸다.

"잠깐만요."

엘 박사가 전화를 받았다.

"네, 소장님. 회의는 지금 막 다녀왔고요. 결과는 잠시 후에 말씀드릴게요. 지금 손님이 와 계셔서……."

엘 박사가 통화를 하는 동안 이오는 음료를 마셨다. 마른 목에 갑자기 들어간 음료 때문인지 사레가 들려 기침이 났다. 다시 음료를 마셔 기침을 진정시킨 후 아까 미처 보지 못한 액자 속의 사진을 봤다. 첫 번째 액자에는 엘 박사님의 젊은 시절로 보이는 모습이 담겨 있었다. 흑백사진이었다. 흑백사진은 무엇이든 예술로 만드는 묘한 매력이 있었다. 두 번째 액자로 시선을 옮긴 순간 이오는 갑자기 먹던 음료를 다시 한 번 뿜을 뻔했다. 거기엔 형의 사진이 있었다. 정확히 말하면 형과 엘 박사님이 함께 찍은 사진이었다. 두 사람의 묘하게 닮은 선한 눈빛을 보면 영락없이 어머니와 아들의 사진이었다.

'형이 엘 박사님과 가족만큼 친한 관계였나?'

이오는 생각했다. 한참 형의 모습을 들여다봤다. 엘 박사는 통화를 하다가 이오의 시선이 멈춘 액자의 방향을 살며시 돌려놓았다. 이오는 자신이 액자를 보는 것을 박사님이 불편하게 여기는 것 같아 시선을 다른 곳으로 옮겼다.

"아! 통화가 길어져서 미안해요. 소장님이 워낙에 급하신 분이라."

통화를 끝내고 자리에 앉은 엘 박사가 이오에게 양해를 구했다.

"아니에요."

이오가 말했다.

"카이군의 상태가 점점 좋아지고 있다고요. 아버지께 들었어요. 다행이에요."

엘 박사가 형의 안부를 물었다.

"아! 네……. 모두 걱정해주신 덕분이에요."

"궁금한 게 있어서 먼 길을 온 것 같은데."

말을 꺼내기 어려워하는 이오를 보며 박사가 먼저 운을 뗐다.

"네. 다름이 아니라 형이 캠프에 들어가기 전 마지막으로 박사님과 나눈 이야기가 궁금해서요."

"그래요? 그게 갑자기 왜……."

엘 박사는 의외의 질문에 다소 황당하다는 표정을 지었다.

"형이 그런 선택을 하게 된 이유가 알고 싶어서요. 아무래도 박사님께는 뭔가 속내를 보여준 게 있지 않을까 하는 생각을 조심히 해봤어요."

이오의 표정은 진지했다.

"그렇군요. 그래서 나에게 듣고 싶은 말은 뭔가요?"

"형에게 어떤 고민이 없었는지요. 형은 저에게 늘 박사님을 엄마 같은 분이라고 했어요. 그렇다면 저에게 말하지 못할 고민도 털어놓을 수 있지 않을까 해서요."

"이오군은 엄마에게 모든 고민을 털어놓나요?"

박사는 이오가 답할 수 없는 질문을 했다. 이오는 아무 말도 할 수 없었다.

"어떻게 말을 시작해야 하나."

엘 박사는 눈을 내리깔고 잠시 생각을 한 뒤 말을 이었다.

"제가 만나는 아이들에게는 저마다 다양한 고민이 있어요. 카이는 그들이 갖는 고민과 비교해서 크게 심각하다거나 특별하다고 여겨지는 건 없었어요. 오히려 밝고 긍정적인 아이라 다른 아이들의 고민도 사라지게 해주는 듬직한 친구였지요. 캠프에 들어가기 전에도 늘 의례적인 인사를 나누었던 걸로 기억해요. 나라를 대표해서 대회에 참여하는 건 영광스러운 일인 만큼 매우 강한 정신력을 필요로 하죠. 잘 해낼 거라고 격려를 해주었죠."

엘 박사는 기억을 떠올리며 말했다.

"형은 언제 처음 만나셨어요?"

이오가 물었다.

"올림피아드가 있기 훨씬 전부터 수학재능아를 위한 수학모임이 열렸던 건 알죠?"

엘 박사가 물었다.

"네. 꽤 오래전부터 주말마다 그 모임에 늘 형이 초대된 건 알아요."

이오가 말했다.

"자원도 한정되고 인구도 줄고 있는 요즘, 형과 같은 훌륭한 인재들은 국가의 성장원동력이에요. 나라에서는 수학에 재능이 있는 아이들에게 관심이 높죠. 관련 연구나 행사도 부쩍 많아지고 있고요. 카이가 참여했던 토요 모임은 각 학교 수학 선생님들께 추천받은 학생들을 대상으로 시험과 면접을 치러 선발한 학생들만 올 수 있었죠. 물론 강제성은 없었고요. 선발이 되어도 본인이 희망하지 않으면 안 오면 돼요.

마음이 맞는 친구를 만나 수다를 떨면 스트레스가 해소되는 기분을 느껴본 적이 있나요? 수학을 사랑하는 아이들은 주변 친구들에겐 인기가 많지는 않죠. 가끔 수학을 좋아한다고 이상한 아이라는 취급도 받잖아요. 하지만 이곳에 와서는 수학을 좋아한다고 이상하게 바라보는 시선도 없고 서로가 수학으로 흠뻑 교감을 하면서 수다를 떠는 거죠. 학교에서 다뤄지지 않는 주제를 중심으로 강의를 듣고 게임도 하고 자유시간도 즐깁니다. 카이는 수학모임에서 동료들과 함께 아주 적극적으로 이 시간을 즐겼어요. 카이는 누구보다 빛나는 미소를 지닌 소년이기에 그의 행복감이 옆 사람에게도 전해졌죠. 카이는 소수에 빠져서 연구를 했어요. 소수를 이용한 그림 그리기나 일상에서 소수를 찾아 즐기는 레크리에이션도 친구들에게 인기였지요. 그것에 별로 관심 없는 사람들은 뭐 하는 짓인가 하겠지만요."

엘 박사는 생각나는 에피소드가 있는지 말을 하다가 옅은 미소를 띠었다.

"연구도 좋지만 주말만큼은 실컷 놀게 해줘야 하는 것 아닐까 하는 생각이 들 때도 카이가 행복해하는 모습을 보면서 우리의 연구가 헛된 것이 아님을 위로받았어요."

"네. 형도 무척 좋아했어요."

이오는 형이 수학모임을 다녀온 주말엔 늘 기분이 한껏 들떠 있었던 것을 기억했다.

"그런데 왜 갑자기 그렇게 나가고 싶어했던 올림피아드를 코앞에 두고 그런 극단적인 생각을 했을까요? 혹시 캠프에서 무슨 일이 있었던 건 아닐까요?"

이오는 재차 물었다.

"글쎄요. 질문이 잘 이해되지는 않네요. 그리고 잘 모르기도 하고요. 토요일에 모이는 수학모임은 제가 운영하지만 올림피아드 캠프는 제가 관여하진 않아요. 올림피아드 준비위원회팀들이 관리하죠. 이오군 혹시 필 박사님을 아나요?"

엘 박사가 물었다.

"형이 입원해 있을 때 병원에 다녀가신 분 중 한 분이라고 아버지께 들었어요. 직접 뵌 적은 없고요."

이오가 대답했다.

"필 박사님팀이 올림피아드 캠프를 관리해요. 올림피아드에 출전하기 전엔 몇 차례의 캠프가 있어요. 보통은 대학기숙사에서 생활하며 수학공부를 하죠. 유감스러운 일이 있었던 마지막 캠프는 최종 점검하는 단계였고요. 이번에는 저의 집 근처에 있는 대학이라 응원을 가려고도 생각했지만 혹시나 팀의 집중에 방해가 될까봐 가지 않았어요. 마침 저는 싱가폴에서 열리는 학회에 참석해야 했고요."

"아……. 네."

이오는 특별히 알아낸 정보가 없다는 생각에 힘이 빠지고 풀이 죽었다.

"혹시 그 당시 상황이 궁금하다면 올림피아드 팀을 맡고 관리했던 필 박사님께 여쭤봐드릴 수는 있어요. 다만, 필 박사님이 이오군을 만나주실지는 저도 확답을 드릴 수가 없네요. 겉으로 비슷해 보이는 분야인 것 같아도 개인적인 친분은 없거든요. 카이의 자살 시도 소식이 외부에 알려지고 나선 학생관리를 어떻게 하길래 그런 일이 발생하느냐는 비난을 모두 필 박사님이 받았어요. 국제대회는 국가별 경쟁력의 상징성도 있어서 무척 곤란하셨다고 들었어요. 필 박사님을 평소에 좋아하지 않았던 학계 사람들 사이에선 한동안 회자되었죠. 차기 올림피아드 팀은 다른 분이 맡게 되는 건 이미 공공연한 사실이고요."

"그럼 캠프 상황을 알 수 있는 또 다른 방법은 없을까요?"

이오는 엘 박사님께 간절하게 조언을 구했다.

"팀 코치를 만나보는 건 어떨까요? 필 박사님이 물론 팀의 대표지만 아이들 옆 가까이에서 실질적인 학생관리와 교육을 맡는 것은 류샹 코치거든요. 이오군도 알지 모르겠지만 류샹 코치가 바로 《MATHTABULA》 수학잡지 편집장이에요."

"아, 정말요? 저도 좋아하는 잡지예요."

이오는 반색했다.

"그렇군요. 류샹 코치를 좋아하고 존경하는 팬들이 많아요. 본인도 올림피아드 출신이었어요. 수학교사 경력도 있고. 같은 경험을 공유한 학생들이 어떤 고민을 하는지 섬세하게 살피는 안목이 있는 분이에요. 학생들에겐 마음을 꿰뚫어보는 눈을 지녔지만 함부로 말을 뱉지 않는 선생님으로 정평이 나 있죠. 학생들의 사생활을 존중해주시는 분이에요. 그래서 말인데 형에 대해 뭔가를 알고 있어도 쉽게 말하지 않을 수도 있겠지만……."

엘 박사는 류샹 코치를 만나도 이오가 원하는 답을 쉽지 얻지 못하리라는 어감으로 말끝을 흐렸다.

"그분을 만나거나 연락처를 알 수 있을까요?"

"하하하, 그게……."

엘 박사는 갑자기 웃었다. 이오는 의아했다.

"아! 미안해요. 괴짜 류샹 코치를 떠올리니 나도 모르게 그만 웃음이 나왔네요."

엘 박사가 다시 말을 이었다.

"류샹 코치는 핸드폰을 거의 받지 않아요. 장식이죠. 조금 독특한 괴짜라고 해도 될까요? 기본적으로 자신을 찾아올 사람이 없다고 생각하고요. 급하면 직접 찾아올 거라고 말하곤 하죠. 그래서 저도 보통 연락할 때는 3일 정도 후에 받을 거라 생각하고 메일을 씁니다. 그래도 이메일은 자주 보는 편이에요. 세계 여러 수학 오타쿠들의 원고를 대개 이메일로 접수하거든요. 평소 대회가 없을 때는《MATHTABULA》잡지 사무실에 있다고 들었어요. 마니아들 사이에선 꽤 유명한 잡지지만 운영은 거의 류샹 코치 혼자 다 한다죠, 아마? 일손이 부족할 땐 수학잡지 마니아들이 자원봉사나 인턴을 하는 경우가 있다고 들었어요. 그들은《MATHTABULA》가 폐간되어서는 안 된다는 의리로 그렇게 모이는 사람들이래요. 저에게 코치의 명함이 있을 거예요. 잠깐만요."

엘 박사가 일어서서 책상서랍을 열었다.

"어디 보자."

명함첩을 뒤적였다.

"여기 있네요. 주소도 있고 이메일도 나와 있어요."

엘 박사는 명함을 꺼내 이오에게 전했다.

"이오군이 방문을 원한다면 저도 류샹 코치에게 메일로 상황을 전해두죠."

"감사합니다."

이오는 명함을 소중히 받았다.

"별말씀을요. 뭐든 제 도움이 필요하면 연락해요."

엘 박사는 마지막까지 친절했다.

"그럼 이만 가보겠습니다. 바쁘신데 시간 내주셔서 감사해요."

이오는 인사를 하고 자리에서 일어났다. 문 앞으로 걸어 나오던 이오는 다시 돌아 엘 박사에게 말했다.

"참! 형 사진이 있어서 놀랐어요."

"아! 그래요?"

걸어나가던 이오가 갑자기 멈춰 서서 말을 하자 놀란 엘 박사가 어색한 표정을 지으며 말했다. 입은 웃음을 띠었지만 눈은 웃지 않았다.

"내가 발굴한 학생들과는 연구자와 연구대상의 관계로 친하게 지내죠. 카이도 그중 한 명이고요."

"오늘 정말 감사했습니다. 안 그래도 바쁘실 텐데."

이오는 다시 한 번 인사를 하고 연구실 밖으로 나왔다.

배움의 윤리

"갔던 일은 잘 됐어?"

이오의 하루가 궁금한 아리와 제이는 이오가 학교에 오자마자 안부를 물었다. 표정이 그리 밝지 않은 이오를 보고 제이가 말했다.

"첫술에 배부를 수는 없지."

눈치 빠른 아리도 고개를 끄덕였다.

"선생님 오셨다!"

아이들은 바른 자세로 앉았다. 아침 조회가 시작되었다.

"시험도 끝나고 방학 전까지는 학교에선 다양한 진로 프로그램이 운영될 거야. 방학과제로 나가는 탐구보고서 대회 관련하여 오늘 마지막 시간에는 특강이 있으니 강당으로 이동하고. 특강 전후 반장은 출결체크해서 그 시간 담당 선생님께 말씀드리고. 끝나면 바로 집으로 가도록!"

종례가 따로 없다는 담임 선생님의 말씀에 아리와 제이는 소리 없는 환호성을 눈으로 표현했다. 아리가 담임 선생님을 좋아하는 이유 중 하나는 짧게 끝내는 '칼종례' 때문이다. 오늘은 그 종례마저 없다니 더 행복했다.

"그냥 쨀래? 종례 안 하면 모르잖아."

아리가 한술 더 떠서 제이에게 제안했다.

"반장이 출석체크 한다잖아."

제이는 아리의 제안에 관심이 없는 표정으로 자리에서 일어났다.

"반장만 구워삶으면 되잖아."

아리는 교실을 나서는 제이에게 좀 더 가까이 다가가서 조용히 말했다.

"너 반장이랑 친하지?"

교실을 막 나서기 전 걸음을 멈춘 제이는 아리를 똑바로 쳐다보며 말했다.

"그렇지, 완전 친하지. 내가 또 한 인맥 하잖아."

아리는 크게 고개를 끄덕이며 동의했다.

"친한 사람을 곤란하게 하면 되겠니? 이래서 안 돼요. 조그마한 인맥이라도 있으면 어떻게든 그걸 이용하려고 하고. 우정이 이렇게 얄팍해서야."

제이는 말이 끝나자 복도로 나갔다. 제이의 말에 한 방 얻어맞은 듯 멈춰 섰던 아리는 머쓱한 표정으로 이오를 바라봤다. 이오는 그저 어깨만 으쓱거렸다.

하루의 일과가 빠르게 지나고 어느덧 특강이 있는 7교시가 되었다.

"가서 좋은 자리 맡으려면 미리 가서 앉자!"

제이가 제안했다.

이오는 아리, 제이와 함께 1층에 있는 시청각실로 향하는 계단을 내려갔다.

"그나저나 특강 주제가 뭐라고 했지?"

이오가 물었다.

"아까 선생님이 말씀하시긴 했는데 제대로 못 들었어. 탐구보고서랑 관련 있다고 했는데."

제이가 말했다.

"뭐든 난 상관없다. 한 시간 지루할 게 뻔해."

아리는 관심 없는 말투로 말했다. 경쾌하게 계단을 내려간 셋은 시청각실로 향하기 위해 모퉁이를 돌았다. 때마침 맞은편에서 모퉁이를 돌던 사람들과 마주쳤다. 조금만 빨랐어도 부딪힐 뻔했다.

"아이구, 깜짝이야."

먼저 반응을 보인 건 맞은편에서 오던 선생님이었다. 아이들도 놀라긴 마찬가지였다.

"이런 모퉁이에선 부딪히는 안전사고가 일어날 우려가 있으니 반사경 같은 걸 설치해야 한다니까. 너희들은 괜찮니?"

"괜찮아요, 선생님."

아리가 선생님과 짧은 대화를 나누는 동안 뒤에서 이오의 목소리가 크게 들렸다.

"할머니? 할머니께서 여기에 왜?"

이오는 선생님 뒤편에 서 있는 분을 보고 외쳤다.

"할머니라니, 이오야."

선생님이 곤란하다는 표정으로 말했다.

"네?"

이오는 영문을 몰랐다.

"괜찮아요. 선생님. 제가 할머니는 맞지요."

할머니께서 인자한 미소를 지으며 곤란해하는 이오를 바라봤다.

"오늘 특강 강사님이셔. 우리나라 유전자 공학의 선두주자 진 박사님. 모시기 얼마나 힘든 분이신데……."

"박사님이요?"

"박사도 나이 먹으면 할머니예요."

진 박사는 선생님께 말했다.

"이오군을 아세요?"

"네. 제가 곤란할 때 도와줬던 고마운 학생이에요."

"이오가요?"

선생님은 의아하다는 말투였다.

"아니에요. 그저 누구나 할 일을 한 것뿐이에요."

진 박사와 이오는 뜻밖의 장소에서 서로를 만나 반갑게 인사를 나누었다.

"죄송하지만 박사님 이제 곧 강의가 시작될 시간이라 가셔야 돼요. 너희들도 늦지 않게 들어가고."

"네! 선생님."

"그래요. 이름이 이오라고 했죠? 다시 만나 반가워요."

"네! 네!"

진 박사와 선생님은 강의를 준비하러 갔고 이오와 아리는 시청각실로 향했다. 이오는 진 박사님과의 짧은 재회가 아쉬웠다.

"어떻게 알아?"

아리가 호기심 가득한 눈으로 물었다.

"말하자면 길어. 나중에 말해줄게."

셋도 강의시간에 늦지 않게 시청각실로 들어섰다. 시청각실 현

수막엔 '배움의 윤리'라는 주제가 적혀 있었다.

"배움의 윤리? 생소한 주제인걸?"

이오와 제이가 시청각실 맨 앞자리에 앉았다.

"거기는 졸지 못하는데."

아리가 불평했다. 이오는 강당 옆에서 강의를 준비하는 진 박사님을 봤다. 버스에서 있었던 일을 떠올리며 할머니 아니 진 박사님과의 만남이 또다시 이뤄진 것이 흥미로웠다. 큰 박수로 강의가 시작되었고 이오와 제이는 진지하게 들었다. 배움의 윤리 대목에서 제이는 졸고 있는 아리를 팔꿈치로 쿡 찔러 깨웠다.

"우리는 은연중에 배움의 윤리에 어긋나는 행동을 하는 경우가 있습니다. 문제는 그 심각성을 인식하지 못하는 데 있죠. 배움의 윤리를 어긴 적은 없는지 셀프 테스트를 한번 해볼까요?

첫 번째, 표절입니다. 표절은 인터넷에서 조사한 다른 사람의 생각이나 글, 실험결과, 통계자료, 도표 등을 출처를 밝히지 않고 마치 자신의 탐구결과인 것처럼 하는 행위죠. 혹시 한 번이라도 해본 사람은 손 들어볼까요? 아니, 아니. 본인이 들기에 곤란하면 그런 적이 없는 사람이 손 들어보죠.

두 번째, 무임승차는 어떨까요? 공동실험이나 공동연구 및 학습

과정에 참여하지 않은 채 공동과제물에 자신의 이름을 올리는 행위입니다. 혹시 여러분도 팀과제평가를 준비하다가 참여하지 않는 친구가 있어서 곤란했던 적은 없었나요? 이때 배움의 윤리를 지키지 않는 친구는 따로 있는데 정작 괴로운 것은 열심히 하려는 사람들이죠.

세 번째, 개학이 얼마 남지 않았는데 독후감을 내야 할 때가 있죠? 그럴 때 인터넷에 있는 과제물 판매 사이트에서 구매한 과제물을 그대로 베끼거나 살짝 바꿔서 제출한 경우가 없나요? 시험시간에 부정행위는 엄격하게 지키면서 의외로 표절, 무임승차, 과제구입 행위 등은 넘어가는 경우가 많습니다."

이오, 제이, 아리를 비롯한 대부분의 아이들은 진 박사님이 들려준 사례에 하나씩은 해당해서 멋쩍은 듯 서로 자기고백을 나누며 술렁거렸다.

"세상을 한 단계 도약시키는 창의적인 연구로 스타가 된 연구자들이 가끔 좋지 않은 일로 세상을 떠들썩하게 만드는 경우가 있어요. 실험 결과를 조작하거나 제자들의 연구를 자신의 공적으로 돌린 것이 드러나기도 하죠. 당연히 지켜야 할 연구 윤리를 지키지 않아 결국엔 파멸로 간 똑똑한 연구자들을 저는 너무도 많이 봐왔습니다.

자신이 저지른 잘못을 민감하게 느끼지 못하고 결국 좋은 의도로 시작된 연구마저도 무너뜨리는 비윤리적인 태도는 어디서부터 시작되었을까요? 어쩌면 사소하다고 생각한 배움의 윤리를 어긴 것에서부터일 수 있어요. 사소하지만 같은 잘못이 반복되면 서서히 균열은 시작됩니다. 창의적인 연구성과와 권위로 덮으려 해도 결국엔 무너지게 되는 거죠. 작은 것 하나하나의 윤리가 지켜지지 않으면 어른이 되었을 때 비윤리적인 연구자가 될 수 있어요. 똑똑한 천재지만 윤리성이 없다면 결코 훌륭한 연구자가 될 수 없습니다. 윤리 의식이 없는 엘리트는 세상의 악이 될 수 있어요."

아이들의 표정은 사뭇 진지해졌다.

"자신에게 부과된 몫을 성실히 수행하고 함께 만난 사람들에게 나의 책임을 다하는 것, 그것이 학습윤리의 가장 기본이 되는 원칙임을 잊지 마세요. 그건 또 세상을 살아가는 기본 윤리이기도 하죠. 선생님과 다른 학생들을 존중하며 토론, 과제수행, 시험 등의 모든 활동에서 진실성을 잊지 않으신다면 윤리적인 태도를 갖춘 학생이 될 수 있습니다. 전 여러분 모두가 그런 학생이라 생각합니다. 가볍지 않은 주제임에도 흐트러짐 없이 강의를 잘 들어주셔서 감사합니다. 만나서 반가웠어요."

진 박사는 학생들의 마음을 들었다 놓았다 하면서 시종일관 막

힘없이 강연을 이끌었다. 이오와 친구들은 큰 박수로 호응을 했다. 이어서 행사를 주관한 선생님이 마이크를 잡았다.

"오늘 멋진 강의를 해주신 진 박사님께 큰 박수 부탁드립니다. 이 특강은 탐구보고서 대회에 맞춰 기획된 강의입니다. 탐구보고서를 낼 때 반드시 배움의 윤리를 잘 지켜서 불미스러운 일이 생기지 않도록 합시다. 이상으로 강의를 마치겠습니다. 강연장 밖을 나갈 때는 한꺼번에 이동하지 않고 끝자리부터 차례차례 움직입니다."

강의를 준비한 선생님의 말씀이 끝나는 동시에 종이 울렸다. 진 박사님은 선생님과 먼저 강의실 밖으로 나갔다. 끝에 앉았던 아이들부터 순서대로 강연장을 빠져나갔다.

"아리, 제이야. 미안해. 나 먼저 갈게."

이오는 가방을 주섬주섬 챙겨 무리를 뚫고 밖으로 나갔다.

"야, 너 뭐야! 지금 차례차례 나가는 거 안 보여?"

순서를 무시하고 밖으로 나가는 이오에게 다른 반 아이들이 투덜대는 소리가 들렸다. 아리, 제이도 다른 반 아이들의 눈치를 보며 부랴부랴 이오를 따라나섰다.

시청각실을 빠져나온 이오는 진 박사님을 찾으러 주차장으로 갔다. 다행히도 진 박사님은 아직 행사를 기획한 선생님들과 인사를 나누는 중이었다. 이오는 옆에서 기다리고 있다가 진 박사님이 혼자가 되었을 때 다가갔다.

"박사님!"

"어! 이오군! 못 보고 가나 했는데."

"오늘 강의 너무 재밌었어요. 저도 모르게 윤리를 어기는 일이 많아서 뜨끔했고요."

"그래요. 강의가 도움이 되었다니 고마워요."

"혹시…… 또 뵐 수 있을까요?"

이오는 망설이다 용기 내서 말했다.

"나야 언제든 환영이죠. 집으로 한번 오는 건 어때요?"

"너무 좋아요!"

진 박사님의 갑작스러운 초대에 이오가 밝은 표정으로 말했다.

이때 뒤에서 이오를 따라온 제이와 아리도 끼어들었다.

"저희도요!"

진 박사는 흔쾌히 응해주었다. 이오는 진 박사님께 전화번호를 알려드렸다. 진 박사도 번호를 알려주었다.

"난 이제 별로 할 일도 없는 늙은이니까 어느 때든 연락 줘요. 다음에 또 봐요."

진 박사님은 차를 탔다. 학교가 끝나는 시간이라 교정은 하교하는 아이들 무리로 복잡했다. 이오, 아리, 제이는 박사님의 차가 안전하게 학교 밖으로 나갈 수 있도록 도와드렸다. 박사의 차가 학교를 완전히 나갈 때까지 셋은 손을 흔들어 인사했다.

사진첩

진 박사님의 초대에 설렌 기분도 잠시, 텅 빈 집으로 들어서자 이오의 마음은 다시 헛헛해졌다. 익숙해질 때도 되었지만 한 주를 바쁘게 지내고 난 금요일 오후 혼자 있는 집에서의 쓸쓸함은 점점 더 깊어졌다. 주말만 되면 형과 아버지가 있는 병원으로 달려가고 싶었다. 하지만 사고가 난 때부터 아버지는 이오가 혹시 받게 될 충격을 생각해서 병원에 오는 것을 허락하지 않았다. 이오는 아버지의 마음을 이해했기에 그 말을 따랐다. 처음엔 갑자기 생긴 혼자만의 시간을 어떻게 보내야 할지 막막했지만 이제는 혼자 중얼거리면서 형과 아버지가 보고 싶은 시간에 차오르는 외로움을 견디는 자신만의 노하우가 생겼다. 형의 방 침대에 덩그러니 누워 학교에서 있었던 일을 시시콜콜하게 말했다. 이야기의 대부분은 아리, 제이와의 에피소드였다.

"형도 아리, 제이가 웃기지? 하지만 둘 다 자신이 좋아하는 것에 열정도 있고 진지한 면도 있어. 형이 회복되면 꼭 소개해줄게."

이런저런 이야기로 한참을 중얼거리다 보면 배고픔과 공허함이 함께 밀려왔다. 그렇게 금요일 저녁을 혼자 중얼거리며 보낸 지 벌써 몇 달째다. 좋은 일이 생겨 기분이 들떴다가도 형을 생각하면 이내 자신이 그런 기분을 느끼는 것조차 불편해져 마음껏 기뻐하지 못했다. 기쁜 일이 생긴 날일수록 이오의 감정은 롤러코스터를 탔다. 오늘이 바로 그랬다.

"형, 언제 다시 올 거야. 나를 위해서라도 얼른 돌아와. 나 너무 심심해."

이오는 형의 베개에 얼굴을 파묻었다. 형의 냄새가 아직도 났다. 냄새엔 형과의 추억이 고스란히 담겨 있었다. 냄새에 담긴 추억을 회상할 때쯤 이오의 전화벨이 울렸다. 발신자는 아버지였다.

"아빠?"

"그래, 이오. 뭐 하고 있니?"

"그냥 학교 끝나고 와서 형 방에서 쉬고 있어요."

"미안하다. 늘 혼자밖에 둘 수 없어서. 널 방치하는 것 같아 미안하다."

"무슨 그런 말씀을 하세요. 아빠 사랑의 이불을 늘 덮고 자요. 거리는 떨어져 있지만 느껴져요. 오히려 제가 도와드리지 못해 더 죄송해요."

"좋은 소식이 있어서 전화했어."

이오는 순간 심장이 쫄깃해졌다.

'설마.' 이오는 전화기에 흘러나오는 아버지의 목소리에 온전히 집중하느라 숨도 멈췄다.

"내일 병원에 한번 오렴."

아버지의 말을 듣자 이오는 멈췄던 숨이 터져 나왔다.

"네? 진짜요?"

이오는 너무 벅찼다.

"이제 형을 봐도 되는 거예요?"

"그래. 형의 상태가 많이 좋아졌단다."

"와!"

이오는 너무 기뻐 침대에서 벌떡 일어나 두 손을 불끈 쥐고 집 안을 이리저리 왔다갔다했다.

"지금 당장 가고 싶어요."

이오는 한시라도 형과 아버지가 보고 싶었다.

"지금 출발하면 너무 늦고 형도 잘 시간이니, 여유를 갖고 내일 아침에 출발하렴."

"아! 이런 날이 오네요."

이오는 매일 형의 방에 들러 형이 하루빨리 돌아오도록 소원을 말했는데 아마도 신이 들어준 것은 아닐까? 생각했다.

"대신 이오야, 오는 길에 부탁할 게 있어."

"네, 말씀하세요."

"내 서재 서랍에서 형 보험과 관련된 서류를 좀 찾아오렴. 보험이라고 쓰여 있는 파일을 통째로 들고 오면 된단다."

"아! 네, 아빠. 염려 마세요."

"끼니 거르지 말고!"

"네, 아빠."

"그럼 내일 보자. 내 아들."

아버지와 통화를 끊고 이오는 기분이 날아갈 것 같았다. 이 기쁜 소식을 사람들에게 알리고 싶었다. 자신도 모르게 아리의 전화번호를 누르고 있었다.

"애는 집에만 가면 소식이 없더니 웬일로 금요일 밤에 전화를 다 해?"

아리가 심드렁하게 전화를 받았다.

"나 내일 형 보러 가!"

이오의 목소리가 어찌나 큰지 핸드폰을 뚫을 기세였다.

"와! 진짜?"

아리는 전화를 받을 때와는 180도 다른 목소리로 이오의 소식을 반겼다.

"응! 진짜!"

"잘됐다, 이오!"

아리는 진심으로 이오의 기쁨을 함께했다.

"그럼 이제 다 나은 거야?"

"그건 잘 모르겠어. 하지만 이제 내가 형을 봐도 될 정도로 회복은 된 것 같아."

"야! 그렇게 그리던 형을 볼 수 있게 되었구나. 이오야, 정말 축하해."

"고마워."

"정말 좋겠다. 다시 만날 수 있어서."

"응. 형이 다 나으면 너한테 형을 꼭 소개해줄게."

"너 그 말 도대체 몇 번째인 줄은 아냐?"

"흐흐. 그런가?"

"이번 주말은 혼자 안 있어도 되겠다!"

"응!"

"너는 주말에 뭐 해?"

"나야 뭐. 별 볼 일 있지."

"하하하. 별 보는구나!"

"그래. 멋진 사진이 나오면 너 하나 줄게."

"고마워. 그거 형한테 줘도 되지?"

"그럼. 그럼."

"주말 잘 보내. 함께 기뻐해줘서 고마워."

"무슨 그런 말이 있어. 당연한걸. 잘 다녀와."

이오는 아리와의 통화를 끊고 나서도 한동안 흥분이 가라앉질 않았다. 가만히 앉아 있다가 내일 가져갈 것을 챙기기 시작했다. 형이 자신에게 들려주고 싶은 수학 이야기를 노트에 적었던 것처럼 이오도 형에게 전해주고 싶은 이야기가 있을 때마다 펼쳤던 노트를 챙겼다. 거기엔 아리가 알려준 학교생활 꿈수도 있고 도시의 밝은 밤을 떠나 산속에서 별을 보던 날의 기록도 들어 있었다. 형이 좋아할 만한 이야기들엔 별 표시를 해두었다.

"참! 형 보험 파일!"

이오는 아버지의 서재로 향했다.

'아! 몇 번째 서랍인지 여쭤보지 못했네?'

이오는 서랍을 열어 여기저기 뒤적였다. 다행히 형의 보험 파일은 쉽게 찾을 수 있었다. 다시 서랍을 닫고 일어설 찰나 한 권의 사진첩이 눈에 띄었다. 아버지가 힘들 때 보던 그 사진첩이었다. 이오는 사진첩을 꺼냈다. 아버지의 허락 없이 보는 것이 마음에 걸렸지만 서랍에서 파일을 찾게 한 걸 보면 특별히 자신이 봐도 문제가 없으리라고 스스로를 변호했다. 사진첩을 열었다. 사진첩의 첫 장은 신생아 아기 사진들이었다.

"누구지?"

자신의 아기 때 모습을 기억하고 있는 이오는 그 사진 속 아기가 자신이 아님은 알았다.

"혹시 형인가?"

그러고 보니 형의 아기 때 사진은 본 적이 없었다. 사진에서 형과 닮은 모습을 찾으려 보았지만 확실히 알 수는 없었다. 사진을 하나하나 살펴봤다. 그러던 중 한 사진에 눈이 갔다. 거기엔 똑같은 모습의 아기 두 명이 담겨 있었다. 두 명 다 포근하게 잠들어 있는 신생아의 모습이었다.

"완전 똑같이 생겼네?"

두 명의 아기가 함께 찍힌 또 다른 사진을 찾아봤지만 그것이 전부였다. 이오는 다음 장을 넘겼다. 거기엔 아기가 조금 더 큰 사진들이 있었다. 목욕하는 모습, 젖병을 물고 있는 모습, 모빌을 쳐다보는 모습 등 다양한 모습이 담겨 있었는데 영락없는 형이었다.

"형이 맞구나. 웃는 모습이 여전해."

이오는 마치 자신의 동생을 보는 듯 바라봤다.

"귀여웠네. 우리 형. 그럼 똑같이 생긴 한 명은 누구지?"

이오는 다시 앞장으로 돌렸다.

"뭐 아기들은 다 똑같아 보이니까. 형 친구인가 보네."

이오는 크게 신경 쓰지 않았다. 다시 사진첩을 한 장 넘겼다. 사진첩을 넘길수록 시간도 같이 흘러 형의 성장한 모습이 파노라마처럼 지나갔다. 어느 페이지부터는 이오도 함께 등장했다. 이오도 기억나는 장면들이 사진첩에 담겨 있었다. 사진첩의 가장 끝엔 형이 올림피아드 캠프에 가는 날 현관문 앞에서 파이팅하는 자세로 찍었던 사진도 끼워져 있었다.

"이것까지 찍으셨구나!"

아버지는 형의 모든 것을 이렇게 기록하고 있었다.

"그런데 형의 앨범은 왜 서랍에 두셨지?"

이오는 자신의 성장앨범은 누구나 볼 수 있게 거실에 둔 것과 달리 형의 것은 아버지 서랍에 보관한 이유가 궁금했다. 그러다 문득 지난번 아버지가 봤던 친구분의 사진을 떠올렸다.

"이 앨범이 맞는 것 같은데."

이오는 사진첩의 맨 뒷장을 펼쳤다. 이오의 기억대로 아버지 친구분의 사진이 끼워져 있었다. 아버지와 아버지 친구분이 함께 찍은 사진도 두 장이 있었다. 하나는 보기만 해도 어느 학교인지 알 만한 구조물이 있는 대학교 정문에서 어깨동무를 하고 활짝 웃고 있는 사진이었고 하나는 대학교 동아리실로 보이는 곳에서 또 다른 친구들과 함께 찍은 사진이었다. 한 명은 앞으로 한 명은 뒤로 서서 익살스러운 자세를 취하고 있었다. 그 사진 속에서도 아버지와 친구분은 모두 앞을 향해 있어 한눈에 알아볼 수 있었다.

"우리 아빠도 젊었던 시절이 있으셨구나."

사진을 한참 들여다보던 이오는 아버지가 요즘 너무 많은 신경을 써서 갑자기 늙게 된 것 같아 속상했다.

"두 분 다 미남이시네."

아버지 친구분은 연예인 같은 외모를 갖고 있었다. 아버지는 바보 같은 분이라고 하셨지만 이오가 보기엔 참 맑고 순수해 보였다.

"아빠는 왜 그분을 애틋하게 생각하시는 걸까? 두 분 사이에는 어떤 이야기가 숨어 있을까?"

아버지와 친구분 사이의 특별한 우정이 새삼 다시 궁금해졌다. 이오는 사진첩을 살포시 정리하여 서랍에 두고 형의 보험 파일을 챙겨 들고 나왔다.

재회

"아빠!"

이오는 뜨겁게 아버지와 포옹을 했다. 병원에 오는 차 속에서 울지 않을 거라고 그리도 다짐했건만 성공하지는 못했다. 눈물이 계속 흘렀다. 아버지는 이오를 오랫동안 안아주었다.

"아빠보다 훨씬 컸다고 어른이 다 된 척하더니."

아버지는 토닥토닥 이오의 등을 두드렸다. 눈물이 흐르지 않을 즈음 이오가 말했다.

"형이 보고 싶어요."

아버지는 입원실로 안내했다. 이오는 문을 조심히 열었다. 열린 문 사이로 침대에 링거를 꽂고 있는 사람이 보였다. 눈을 감고 있는 형이었다.

"자고 있어. 곧 눈을 뜰 거야. 아직 말은 안 해. 그저 눈이나 손가락으로 감정을 전하는 정도라고 보면 돼. 그래도 이만하기가 어디야. 기적 같은 일이지. 처음에 모습을 보았을 땐 정말……."

아버지는 울컥했다. 그동안 힘든 내색 한 번 안 하던 아버지는 이젠 어느 정도 안도감이 들었는지 그동안의 걱정과 설움이 한꺼번에 북받쳐 올라와 보였다.

"전학하고 나서 적응하는 데 도움도 주지 못했는데 기특하다. 이오야."

아버지는 카이만 바라보고 있는 이오를 향해 말했다.

"저야 편한 집에서 밥 잘 먹고 잘 살았는데요. 전학이 뭐 대수인가요? 친구들도 좋아서 아주 잘 지냈어요."

"그래, 맞아. 아리와 제이라고 했지?"

"네."

아버지는 가끔 집에 올 때 이오가 말했던 친구들의 이름을 모두 기억하고 있었다. 이오와 아버지는 이런저런 그동안의 안부를 나누었다. 버스에서 우연히 도와드린 할머니가 유전자 공학 박사님이셨고 학교에 특강을 오셔서 다시 만났다는 이야기를 가장 흥미롭게 들었다. 순간 침대에서 삐거덕 소리가 났다. 카이가 눈을 떴다. 이오는 카이에게 바짝 다가갔다.

"형! 나야 나. 알아보겠어?"

카이는 천장을 응시하던 눈동자를 이오 쪽으로 움직였다. 이오의 눈에는 벌써 눈물이 가득 고였다. 카이는 손가락을 까닥거렸다. 건강한 모습으로 힘차게 나갔던 형을 침대에 누워 있는 모습으로 다시 만나기까지 그동안 겪었던 많은 일들이 이오의 머릿속에 스쳐갔다.

"왜……."

이오는 고개를 숙이고 말을 잇지 못했다. 카이의 초점 없는 눈에도 눈물이 고였다. 눈을 가득 채운 눈물이 얼굴 옆으로 흘러 베개를 적셨다.

"형. 정말 보고 싶었어."

이오는 그 말만 계속 반복해서 했다. 카이와 이오는 말 없이 서로 감정을 교환하는 시간을 가졌다. 흰 커튼 뒤로 햇살이 비치면서 병실은 따뜻하고 온화한 기운에 둘러싸였다.

"이오야, 그럼 형하고 좀 같이 있을래? 아빠는 형의 보험 일로 처리할 게 있어서 병원 로비에 다녀와야 하거든."

"네."

"혹시라도 형의 상태가 나빠지면 당황하지 말고 저걸 누르면 돼."

아버지는 침대 옆에 있는 비상벨을 가리켰다.

"담당 간호사분이 와주실 거야. 나한테도 연락 주고."

"네. 염려 마세요."

아버지가 떠난 병실에는 이오와 카이가 남았다. 이오는 그저 형의 얼굴을 쳐다볼 뿐이었다. 카이는 시선을 옆으로 움직이기가 아직은 힘든 듯 다시 천장을 보다가 눈을 감았다.

"형 그냥 편한 대로 해. 꼭 나를 안 봐도 돼. 내가 형을 보니까."

이오는 링거가 꽂혀 있지 않은 손을 잡았다. 눈 감은 형이 알아채지 못하게 소리 없이 눈물을 흘렸다. 자신의 눈물을 들킬까 아무렇지도 않은 척 말을 했지만 울면 변하는 자신의 코맹맹이 소리까지 숨길 순 없었다.

"형! 나 전학 갔는데 거기 친구들이 아주 좋아. 아리와 제이라고 해. 형이 집에 있었으면 매일매일 이야기해주었을 텐데 그러지 못해서 내가 얼마나 외로웠는지 알아? 형은 나한테 정말 정말 정말 잘못한 거야."

이오는 그동안 형에게 하지 못한 투정을 풀어놓기 시작했다.

"형 때문에 이가 다 망가졌다고. 오독오독 고독을 씹느라."

형을 보니 마음에 여유가 생긴 건지 이오는 썰렁한 농담도 했다. 그러고는 가방에서 가져온 노트를 꺼냈다.

"형도 학교에서 살아남는 꼼수가 있었어? 형하고 꼼수는 왠지 거리가 멀어 보이긴 한다. 그런데 그 꼼수가 되게 좋더라고. 학교생활이 더 재미있어. 나도 아리한테 배웠어. 전학 온 첫날 내가 배운 꼼수가 뭔지 알아?"

이오는 주절주절 그동안 있었던 일을 형에게 말하기 시작했다. 하나라도 빠뜨릴 새라 이야기를 하면서 노트의 메모를 들여다봤다. 이오는 지나간 일을 이야기하면서 혼자 웃다가 울다가를 반복했다. 이오가 웃긴 이야기를 할 때는 카이의 손가락에도 힘이 들어갔다. 이오는 형도 같이 웃는 거라 생각했다. 아리와 함께 별을 본 날의 이야기도 전했다. 아리가 해준 수학자들의 이름이 있는 달 지도 이야기를 가장 힘주어 말했다. 형이 관심 있는 이야기를 들으면 더 빨리 회복되지 않을까란 생각에서였다.

"어찌 보면 그 친구들을 맺어준 건 형이네."

이오는 새삼 자신이 만난 인연에 대해 감사했다. 적어온 이야기가 거의 끝나자 이오는 가방을 열어 노트를 넣었다. 이오는 다시 형을 바라봤다. 그리고 속으로 말했다.

'형……. 나 형이 왜 이렇게 극단적인 선택을 했는지 알고 싶어. 혹시 형에게 물으면 알려줄 거야?'

대답 없는 질문을 속으로 되뇌던 이오는 자신이 취재를 위해 만났던 엘 박사님의 소식을 전했다.

"참! 나 형이 좋아하던 엘 박사님을 만났어. 형 안부를 물으셨어."

그때 이오는 형의 손에서 진동을 느꼈다. 이오는 자신의 말을 형이 듣고 있다는 대답 정도로 생각했다.

"엘 박사님 책상에 형 사진이 있더라고. 엘 박사님은 형을 특별히 더 생각하시나봐."

하지만 카이 손의 진동은 점점 더 강해졌다.

"형. 괜찮아?"

카이는 이번엔 몸을 부르르 떨었다. 이오는 안 되겠다 싶어 비상벨을 바로 눌렀다. 그리고 아버지께도 빠르게 전화했다. 간호사와 의사가 금방 도착해 형을 진찰한 후 주사를 놓았다. 그때 아버지도 도착했다. 카이가 어느 정도 진정되자 의사 선생님이 말했다.

"병문안 오신 건가 보죠?"

"네. 동생입니다."

아버지가 이오 대신 답했다.

"그렇군요. 혹시 오늘 말씀을 많이 하셨나요?"

이오는 순간 얼음이 됐다.

"혹시나 해서 말씀드립니다. 너무 많은 이야기는 하지 마세요.

환자분이 갑자기 무리하시면 안 됩니다. 이야기를 듣는 과정에서도 스트레스가 발생할 수 있어요. 여전히 극도로 약한 상태니까요."

의사는 친절한 얼굴을 하면서도 단호하게 말했다. 이오는 형의 발작이 자신 때문인 것 같아 어쩔 줄을 몰랐다. 의사 선생님과 간호사가 나가자 이오는 겁이 나 울기 시작했다.

"아빠. 어떡하죠? 형 괜찮은 건가요? 제가 괜히 온 것 같아요."

당황한 이오가 자책했다.

"무슨 그런 말을 해."

아버지는 이오를 안고 토닥여주었다.

"형이 저 때문에 다시 나빠지면 어쩌죠?"

"그럴 일은 없어. 형도 너를 만나 좋아서 그런 것 같다. 봐! 지금은 다시 평온하잖아."

이오는 형이 걱정됐다. 너무나 보고 싶었던 마음에 만나자마자 그동안의 모든 일을 말하려 했던 자신의 욕심이 컸음을 후회했다.

"이오야, 너도 놀란 것 같으니까 좀 앉아서 쉬렴."

아버지는 이오를 안정시키기 위해 따뜻한 물을 건넸다. 병실엔 다시 정적이 감돌았다.

"이제 조금 진정이 되니?"

"네……."

이오는 차분해졌다. 아쉬움과 미안함만 남긴 병문안을 뒤로하고 이오는 집으로 돌아왔다.

MATHTABULA

"딸랑딸랑!"

문을 열자 도어벨이 울렸다. 이오가 취재를 위해 두 번째로 찾아간 곳은《MATHTABULA》잡지 사무실이었다. 올림피아드 류샹 코치가 평소에 머물러 있다고 들은 장소였다. 평소 롤모델로 생각했던 잡지의 본 사무실에 직접 오게 된 것은 이오에게도 무척 설레는 일이었다. 사무실에는 빈틈없이 책이 꽂혀 있는 책장, 복사기와 프린트기 등 사무기기가 있었고 구석에는 유리벽으로 둘러싸인 별도의 공간이 있었다. 그 유리문 앞엔 화분 하나가 놓여 있었다. 두 사람이 바쁘게 일을 하고 있었다. 한 사람은 짧고 단정한 헤어스타일에 깔끔한 흰색 셔츠 차림을 하고 손에는 A4 종이뭉치를 들고 있었고, 후드티를 입은 다른 한 사람은 잡지더미를 박스에 옮겨 담고 있었다. 벨소리가 나는 문 쪽을 동시에 쳐다보는 그들의 모습이 마치 아프리카 사막의 미어캣 같았다. 이오는 아무래도 나이가 조금 더 있어 보이는 쪽이 류샹 코치라 생각했지만 확신할 수는 없었다.

"실례합니다. 저……."

"무슨 일이시죠? 우리 관리비가 밀렸나?"

이오의 인사말이 끝나기도 전에 두 사람은 서로를 보며 관리비를 걱정했다.

"아니에요. 아니에요. 저는 카이 형의 동생 이오라고 합니다. 메일로도 미리 연락드렸는데 못 보셨는지요?"

이오는 자신을 짧게 소개했다. 하지만 이오의 말에 답한 사람은 앞에 보이는 두 사람이 아니었다.

"아! 카이군의 동생! 메일 봤어요. 학생이 이렇게 시간을 내서 여기까지 오다니 대단한데요?"

유리벽으로 둘러싸인 별도의 사무공간에서 전혀 예상하지 못한 누군가가 나왔다. 나올 때 문 앞에 있는 화초를 건드려 잎이 흔들렸다. 흐트러진 곱슬머리, 면도하지 않은 수염, 늘어진 청색 면티를 입은 사람이었다. 류샹 코치가 분명했다.

"친구들, 인사해. 이쪽은 이오라고 해. 이오군. 이쪽 말끔한 청년은 우리 잡지 자원봉사자고 이쪽은 생고생하고 있는 인턴이야."

이오를 먼저 맞이했던 두 사람은 인사를 마치자 다시 자신들의 일을 시작했다.

류샹 코치는 격의 없이 말했다.

“반가워. 말 편하게 해도 되지? 카이군 동생이니까.”

“네. 물론입니다. 코치님.”

“내가 이오군 코치는 아니니까 그냥 편하게 이름을 불러.”

“아! 그런데 그건 좀.”

이오는 어른에게 이름을 부르는 게 망설여졌다.

“그게 더 불편하면 코치라고 해도 되고.”

“네, 코치님.”

이오는 다행이라 생각했다.

“어디 보자. 앉을 데가 있나?”

류샹 코치는 복잡한 사무실에서 이오가 앉을 만한 공간을 찾았다. 하지만 이오가 대충 봐도 앉기에 마땅한 곳은 없어 보였다.

“보시다시피 오늘은 우리가 가장 바쁜 날이야. 우리 잡지 마감 시간이 얼마 남지 않았거든. 한가한 그 수많은 날을 빼고 오늘 왔으니 어쩌겠어. 우리를 도와야겠지.”

류샹 코치는 역시 듣던 대로 괴짜 점수가 높은 분이었다.

“네. 무엇을 하면 될까요?”

이오는 친구들과 어울렸던 동아리방에 다시 온 듯한 향수가 느껴졌다. 자신도 《MATHTABULA》의 한 일원이 된 것 같았다. 열정은 높지만 돈은 없어서 늘 배고프게 동아리 활동을 할 때가 떠올랐다.

"음……. 우리가 곧 이번 호 잡지를 우편으로 보내야 하는데 저기 잡지를 봉투에 좀 넣어주면 좋겠어."

"네. 알겠습니다."

이오에겐 이런 일은 쉬웠다.

'《MATHTABULA》 본 사무실에서 일을 하고 있다는 걸 동아리 친구들이 알면 얼마나 부러워할까?'

이오는 《MATHTABULA》 잡지 마니아인 편집장 친구가 생각났다. 늘 앞서서 상황을 판단해주는 것은 물론 자신 때문에 곤란한 일을 겪으면서도 끊임없이 이오를 격려해준 친구였다.

"메일로 보내면 우리도 편하지만 꼭 우편으로 받고 싶어하는 사람들이 있어. 잡지는 종이로 봐야 맛이 산다고 말이야. 몇 명 되지 않아서 원하는 대로 해주고 있지. 그들이 또 우리 잡지사의 VIP들이기도 하고."

"VIP요? 《MATHTABULA》 잡지에도 VIP가 있었나요? 어떻게 되는 거예요?"

이오는 잘 알아두었다가 편집장 친구에게 알려주고 싶었다.

“별거 없어. 우리가 내는 수학문제를 풀어 좋은 풀이를 보내주거나 좋은 문제를 만들어 원고를 투고해주면 돼. 우리 모두의 뇌를 자극할 수 있는 그런 문제 말이야.”

“아아. 네에.”

늘 수학문제를 주물렀던 편집장이라면 《MATHTABULA》의 VIP가 되는 것은 어렵지 않을 듯했다.

“봉투 작업 다 끝나면 알려줘.”

류샹 코치는 다시 유리벽으로 둘러싸인 공간으로 들어갔다. 들어갈 때도 화초를 건드려 잎이 또 흔들렸다.

이오는 봉투에 갓 인쇄된 따끈따끈한 《MATHTABULA》를 넣고 주소라벨을 붙였다. 《MATHTABULA》를 받는 사람들의 직업은 다양했다. 대학 교수도 있었지만 자신과 같은 학생들도 있었다. 여러 다양한 사람들이 수학에 품는 순수한 열정이 《MATHTABULA》를 만들어가고 있다는 것을 눈으로 직접 확인할 수 있었다. 그때 유리문 안으로 들어갔던 류샹 코치가 다시 나왔다. 화초가 다시 흔들렸다.

“다들, 이것 봐! 이게 메일로 막 들어온 문제인데 아주 흥미로운 걸!”

류샹 코치는 흥분한 모습이었다.

“안 돼요.”

사무실에서 일하던 두 사람은 누가 먼저랄 것도 없이 이구동성으로 한마디했다.

'뭐가 안 된다는 거지?'

이오는 앞뒷말 없이 동시에 같은 말을 하는 두 사람의 모습이 재밌었다. 뭔가에 감격한 류샹 코치와 달리 지나치게 차분한 두 사람이 보여주는 대비도 흥미로웠다.

"다음에 넣어요. 이제 다 인쇄도 끝났고 우편으로 부치기만 하면 되는데 또 지난번처럼 뒤집지 마시고요."

자원봉사자라 소개된 분은 서류를 정리하면서 냉정하게 말했다. 류샹은 몇 번을 두 사람에게 문제를 바꿔서 싣자는 응석을 부리다 거절당하고 다시 그 공간으로 들어갔다. 이오는 세 사람의 눈치를 살폈다. 그때 후드티를 입은 인턴이 자신의 일을 다 끝내고 이오의 곁으로 와서 이오가 하던 일을 자연스럽게 거들었다.

"분위기가 갑자기 싸해진 거 같지? 괜찮아. 우린 늘 이래. 류샹이 들고 나온 건《MATHTABULA》에서 가장 사랑받는 코너에 접수된 문제야. 아마 지금 잡지에 실린 것보다 더 매력적인 게 분명해. 하지만 오늘이 마감 날이라 바꾸는 건 무리지. 이미 인쇄도 다 됐고. 지난번에 뒤집었다가 안 그래도 재정이 열악한데 아주 치명적이었거든. 늦게 도착하거나 발송된 것에 대한 항의는 어떻고. 아이구, 그런 일을 또 벌일 수는 없어. 류샹이 그 코너에 가장 많은 정성을 기울이는 건 알지만 그래도 지금 바꾸는 건 아니지. 우리가 이번 잡지만 내고 끝낼 것도 아닌데 말이야."

이오는 잘 모르는 일이라 어떤 장단도 맞출 수가 없었다. 그저 열심히 할 일만 했다. 인턴이 도와줘서 일이 쉽게 끝났다.

"코코아 좀 마실래?"

인턴은 이오에게 코코아를 만들어 건네주었다.

"감사합니다."

아침 일찍 출발하느라 밥을 먹지 못한 이오에게 코코아는 너무 감사한 배려였다. 인턴은 자신이 마실 차와 구석에 세워두었던 접이식 의자를 들고 이오 옆으로 왔다.

"오자마자 일하느라 고생했는데 여기 앉아. 류샹은 아마도 저 문제의 가장 깔끔한 답을 찾으러 들어간 것 같으니 시간 좀 걸릴 거야."

청년은 이번 호《MATHTABULA》를 한 권 건넸다.

"우리 잡지 알아?"

청년은 물었다.

"그럼요.《MATHTABULA》를 흉내 내서 학교신문을 만들어 활동했어요."

"역할은?"

"부끄럽지만 기자였죠."

이오는 말했다.

"나랑 같은 포지션이군. 난 아직 인턴이라 그냥 잡다한 수학계의 이모저모 코너를 맡고 있어."

"아! 저도 그와 비슷한 코너의 기사를 지금 하나 맡고 있어요."

"그래? 꼭지가 뭔데?"

질문을 받자 이오는 당황했다. 그것을 이야기할 수는 없었기 때문이다.

"엠바고●예요."

이오는 둘러댔다.

"하하. 그렇군. 그러니 더 궁금한데? 나중에 기사 나오면 알려줘."

"네."

"아까 카이 동생이라고 했어?"

"네. 형을 아세요?"

"당연하지. 천재 카이를 왜 몰라. 올림피아드 대표팀에서 가장

● 일정 시점까지 어떤 기사에 대한 보도를 금지하는 것.

주목받았던 학생인데. 《MATHTABULA》 회원들도 웬만하면 다 알걸? 인터뷰도 실렸었고. 다들 쉬쉬해서 말을 안 해서 그렇지, 갑작스러운 그 일에 관심들이 많았지. 지금은 조금 잠잠해진 상태지만 이상한 스캔들도 들렸고."

"스캔들이요? 우리 형에 관한 건가요?"

이오는 눈을 끔벅거리며 물었다.

"그건 뭐……. 내가 말하긴 좀 그래. 특히 동생이라면 더더욱."

인턴은 아차 싶은 듯한 얼굴로 말을 얼버무렸다.

"암튼 류상은 그 일로 정말 많이 속상해했거든. 지금은 저렇게 평온해 보여도 한동안 얼마나 괴로워했다고. 재정문제로 폐간 위기일 때도 꿋꿋하게 발행되던 잡지였는데 카이 일에 대한 충격으로 류상이 헤어나오지 못했을 땐 결국 발행을 못 했을 정도니까. 그땐 신문 대신 양해를 구한다는 엽서가 독자들에게 배달되었지. 마니아들이 얼마나 항의를 했었다고. 저기 서 있는 저 사람도 젠틀해 보이지만 그땐 불같이 화를 냈었지."

인턴은 하얀색 셔츠를 입은 사람을 가리키며 말했다.

"그랬군요. 몰랐어요."

인턴은 차 한 모금을 마시고 말을 이어갔다.

"모르는 사람들은 쉽게 말할 수 있어. 코치가 선수 멘탈 관리도 못 하고 뭐했냐고. 혹시 너도 류샹에게 따지러 온 거야?"

"아뇨. 전혀요. 그저 몇 가지 궁금한 게 있어서 온 거예요."

이오는 인턴의 질문에 난색을 표했다.

"류샹은 진심으로 자신의 학생을 아끼는 사람이야. 어떨 때 보면 학생 자신보다 더 학생을 잘 아는 사람이지. 겉으로 보기엔 빈틈이 많아 보이지만 자신에겐 엄격한 사람이야. 외유내강! 자신이 학생을 제대로 파악하지 못했다는 자책감이 류샹을 더 괴롭혔지. 참 좋은 코치인데……."

이오는 인턴의 말을 들으며 고개를 끄덕였다. 자신을 스쳐간 많은 선생님들의 모습을 떠올리며 류샹이 어떤 코치였을지 대략 알 수 있었다.

"툭!"

그때 누군가가 뒤에서 둘둘 말은 종이뭉치로 인턴의 어깨를 쳤다. 류샹 코치였다.

"왜 사람이 없는 곳에서 뒷담화를 하는 거지?"

이오와 인턴은 놀라 멋쩍은 듯 어색한 미소를 지었다.

"언제 나온 거예요?"

인턴이 류샹을 보며 말했다.

"이젠 그 의자 좀 나에게 양보하지?"

류샹은 인턴이 앉은 의자를 가리켰다. 인턴은 자리에서 일어났다.

"그럼 두 분이 이야기 나누세요. 전 이만 가볼게요."

"그래! 오늘 고생 많았어. 고마워."

인턴은 류샹과 인사를 나누고 사무실을 나갔다. 이오는 이 사무실에 방문한 지 두 시간 정도가 지나서야 류샹과 나란히 앉았다.

"나도 갈게요."

묵묵히 일하던 자원봉사자도 인사를 하고 사무실을 나갔다.

"내 주변엔 모두 고마운 사람들뿐이야. 이 신세를 다 언제 갚나."

류샹이 혼잣말을 했다. 한참 분주했던 사무실은 조용해졌다. 류샹이 말을 시작했다.

"처음 병원에서 아버지를 뵌 후 다시 찾아가려 연락했지만 면회가 안 된다고 해서 못 갔어. 카이는 어때?"

류샹은 오늘 봤던 모습 중에서 가장 진지한 얼굴로 물었다.

"이젠 많이 좋아졌어요. 저도 오랫동안 형을 찾아가지 못했는데 며칠 전에 드디어 병문안을 할 수 있게 되어 얼굴을 볼 수 있었죠."

이오는 최근 형의 안부를 전했다.

"정말 다행이군. 투신하고 응급차에 실려 간 그를 보았을 땐 다 끝났다고 생각했거든. 정말 하늘에 감사할 뿐이야. 하늘이 도우셨어."

류샹은 형을 많이 걱정하고 있었다.

"그런데 왜 나를 찾아왔지?"

류샹은 물었다. 이오는 머뭇거리다 말했다.

"궁금했어요. 형이 왜 극단적인 선택을 하려고 했는지……. 코치님은 형과 가깝게 지내셨으니까 혹시 뭔가 알고 있진 않을까 해서요."

이오는 간절함을 담아 말했다.

"그렇다면 안타깝게도 내가 도와줄 수 있는 게 없겠군. 나에게도 너무 갑작스러운 일이었거든. 나도 그 이유를 알아보려 노력했지만 이렇다 할 결론은 내지 못했어."

류샹은 풀이 죽어 말했다.

"작은 단서도 좋아요."

이오는 이대로 돌아갈 수 없다는 생각에서 재차 부탁했다.

"글쎄. 그렇다면……. 도대체 뭐부터 말해야 하나."

류샹 코치는 잠시 생각을 했다. 그리고 말을 이어갔다.

"알다시피 올림피아드를 나가기 위한 캠프는 한 번이 아니야. 대회참여가 결정이 되면 여러 번 진행을 하지. 영광스럽지만 혹독한 일정이야. 그 모든 캠프활동에서 카이는 인성도 나무랄 데가 없어서 다른 친구들과 충돌도 없었고 특별히 예민하지도 않아서 관리

교사 입장에선 아주 수월한 학생이었어. 어쩌면 믿으니까 오히려 덜 관심이 간 친구지. 캠프생활은 특별한 건 없어. 다른 참여자들과 매일 강의실에 모여 수학문제를 함께 푸는 거야. 하지만 올림피아드는 결국 개인에게 메달이 수여되기 때문에 팀으로 공부를 하다가도 마지막엔 혼자 스스로 마무리를 해야 해. 그러다보니 대회가 임박해서 열리는 마지막 캠프에서는 팀원들과 떨어져서 개인적으로 보내는 시간이 많지. 우리가 그 부분까지 터치하지는 않아. 그들 나름대로 올림피아드를 준비하는 마무리이기 때문에 존중해주는 편이야. 그러다보니 카이도 마지막 캠프에서는 혼자 보내는 시간이 많았어."

류샹은 차근차근 말했다.

"캠프에서 형은 어떤 모습이었나요?"

"수학을 아주 좋아하는 아이? 아! 물론 다들 수학을 좋아하니 올림피아드에 왔겠지만 정말 수학 그 자체를 좋아하는 아이였지. 또 아주 잘했어. 타고난 측면도 있지만 타고난 이상으로 노력을 한 천재지. 국가가 인정하는 브레인이라는 특권의식을 가진 엘리트라는 시각은 우리를 포장하고 싶어하는 사람들이 바라보는 프레임이고 카이는 그저 수학문제를 푸는 것 그 자체로 충분히 기뻐한 아이야. 다른 사람이 생각지 못한 독창적인 방법으로 스스로 문제를 풀어

나가는 것이 그 아이에겐 최고의 기쁨이었지. 그 기쁨을 굳이 메달로 나눠서 받는 건 그저 수학에 경쟁이라는 잣대를 대서 보는 관중들의 관심일 뿐이지 카이의 관심대상은 아니었어. 물론 카이에게 공명심이 전혀 없다는 건 아니야. 우쭐한 게 왜 없겠어. 나이도 어린데. 그래도 수학에 대한 순수한 열정이 공명심의 몇백 배였어. 그건 또 다르게 보면 순수하지 않은 의도를 싫어한다는 의미이기도 해. 수학을 잘하는 것으로 자신의 사회적 지위를 보장받거나 대우를 받고 싶어하는 친구들과 별로 친하지 않았어."

류샹은 잔잔히 형의 캠프 생활을 말했다.

"아까도 말했지만 워낙에 스스로 잘했기에 오히려 관심이 덜 갔어. 그 점이 내가 팀의 코치로서 지금 가장 후회하는 일이야. 왜 카이라고 고민이 없었겠어. 카이도 사춘기 학생인데……. 좀 더 살폈어야 했어. 좀 더 세밀하게 따진다면 그때부터 무슨 일이 있는 건 아닌지 물었어야 했어."

류샹은 몹시 괴로워했다.

"그때라니요?"

이오는 류샹의 한마디를 놓치지 않았다.

"마지막 캠프를 온 첫날."

류샹은 고개를 갸웃거리며 찬찬히 말했다.

"카이의 사건 이후에 마지막 캠프에서 만났던 카이의 모습을 몇 번이고 돌이켜봤어. 내가 놓쳤던 부분은 뭘까 하고……."

"이상한 게 있었나요?"

"당시엔 대수롭지 않게 넘겼는데 돌이켜보니 이전과 달랐던 점이 몇 가지 있었어."

"그게 뭐죠?"

이오는 다급해졌다.

"첫날 카이의 모습……. 캠프에 도착하고 머물 기숙사와 캠프 일정을 소개하는데 계속 두리번거리더라고. 한 번도 전달사항을 들을 때 그런 모습은 없었거든. 자신이 이미 알고 있는 내용이더라도 늘 바른 자세로 경청하던 카이였으니까. 그때 내가 좀 의아했지. 혹시 사람들의 시선을 의식하는 스타병이 들었나 생각도 했어. 어린 나이에 스포트라이트를 받으면 그런 의식이 생기지 않을 수가 없거든. 카이는 흔들리지 않을 거라 생각했지만 그 모습을 보니 멘탈 관리를 좀 해야겠다는 생각이 들었지. 그때도 난 카이를 믿어서 좀 더 지켜보기로 했어. 또 정말로 친구를 찾으려고 그럴 수도 있잖아. 다들 오랜만에 다시 만난 거니까."

"물론 형이 캠프에 들어가기 전에 언론과 인터뷰를 많이 했지만 그런 거에 우쭐할 형은 아닌데요."

이오는 자신이 잘 알고 있다고 생각한 형의 성격에 대해 말했다. 하지만 형이 극단적인 일을 벌인 건 전혀 예상하지 못했기에 자신감 없는 목소리로 한마디를 덧붙였다.

"그래도 모르긴 하죠."

이오도 류샹 코치의 말에 일부 공감하는 듯했다.

"이래저래 뭔가 안정적이지 않은 느낌이었지. 카이는 워낙에 차분했던 친구였기에 조금만 흔들려도 눈에 들어왔거든. 하지만 대회가 얼마 남지 않았을 때 대부분 아이들이 그런 스트레스 증상을 보이는 터라 카이도 같은 스트레스를 받고 있는 거라 생각했어. 물론 그 멘탈싸움에서 카이는 이길 거라 생각했지. 평소답지 않은 행동으로 신변에 변화가 있다는 힌트를 주었는데 난 그저 나름대로의 추측으로 카이의 증상을 간과했어."

류샹의 얼굴이 일그러졌다.

"카이, 혹시 무슨 일이 있어? 이 한마디면 되었을 텐데 말이야."

류샹은 스스로를 책망했다.

"코치님, 너무 자책하지 마세요. 아버지와 저도 캠프를 떠난 바로 그날까지도 형이 그렇게 될지 아무도 몰랐는걸요. 아무리 코치님이라도 그걸 모두 알 수는 없다고 생각해요."

"아냐. 내가 놓친 건 또 있었어."

류상은 한 가지를 더 말했다.

"마무리 과제를 백지로 제출했어. 물론 카이는 자신이 정리할 다른 문제가 있어서 과제를 못할 것 같다고 미리 말하긴 했지만 이전까지는 아무리 할 게 많아도 과제를 백지로 낸 적이 한 번도 없었거든. 그때 처음이자 마지막으로 카이에게 듣기 싫은 소리를 했어. 심심해서 과제를 주는 것도 아니고 어렵게 뽑은 과제를 불성실하게 한 사람이 좋은 성적을 거둔 적은 없다고, 왜 이리 나태해졌느냐고 말이야. 책망하기 전에 무슨 일이 있냐고 왜 왜 왜 묻지 않았을까?"

류상은 괴로워했다. 이오는 할 말이 없었다.

"아무리 바빠도 그 정도 문제는 카이가 못 풀 문제가 아니야. 그건 풀지 않은 거야. 풀지 않았다고. 그 시간에 뭔가 다른 걸 하며 보낸 거지. 혹시 나도 모르게 연애를 했나? 생각도 했어. 주변에 대학생들이 많잖아. 지적이고 잘생긴 데다 국가적인 브레인을 자랑하는 친구라 아무래도 이성들이 접근할 기회가 생기지 않겠어?"

"형의 이성문제라……."

이오는 잘 연상이 되지 않았다. 여하튼 류상 코치도 형의 일에 대해 이리저리 상황을 추측해보며 여러 생각을 한 것 같았다. 이성문제는 지나치게 앞서 나간 생각인 듯했지만 가족도 아닌 사람이 형에 대한 책임감으로 이렇게 오랜 시간 마음고생을 하고 있었다고 생각하니 형을 대신하여 무척 감사한 마음이 들었다.

"카이에겐 분명 혼자 고민하던 심각한 문제가 있었던 거야."

류샹 코치는 합리적 의심으로 내린 결론을 말해주었다.

"네. 저도 그렇게 생각해요. 그게 무엇일지 찾는 건 쉽지 않을 것 같네요."

이오의 머릿속에는 엘 박사님을 만났을 때처럼 류샹 코치에게도 형의 극단적 선택에 대한 명쾌한 이유를 알아낼 수 없을 것 같다는 생각이 스쳤다. 이오의 어깨가 축 처졌다. 류샹 코치는 그런 이오를 뭔가 할 말이 있는 듯한 눈으로 물끄러미 바라봤다.

"그런데 이번엔 내가 하나 물어봐도 될까?"

류샹 코치의 눈빛이 반짝였다.

"혹시 카이하고 엘 박사님은 어떤 사이야?"

"그건 코치님이 더 잘 아시지 않나요?"

이오는 류샹 코치의 의외의 질문에 마땅히 할 말이 없었다. 솔직히 말하면 이오는 류샹 코치의 질문 의도를 잘 알 수가 없었다.

"물론 나도 카이가 엘 박사님이 선발한 수학재능아 프로그램의 한 명으로 인연을 맺었다는 건 알아."

"저도 그 정도로 알아요."

"어린 동생에게 말하는 게 좀 조심스럽긴 한데……. 내가 들은 건 그 이상의 관계인 것 같아서 말이야."

"그게 무슨 말이죠?"

"캠프 전부터 원래 들리는 말이 많았어."

"어떤 말이요?"

"둘이 같이 산다고 들었어."

"예? 무슨 그런 황당한 말씀을……. 형은 저와 아버지와 살아요. 그런데 그 말에는 다른 뜻이 있는 건가요?"

류샹 코치는 긍정도 부정도 하지 않았다. 이오는 어리지만 코치의 표정에서 그 뜻이 무엇을 의미하는지 정도는 알 수 있었다.

"설마 그런 말도 안 되는 얘기를 믿으세요?"

이오는 화를 버럭 냈다.

"아냐. 아냐. 난 당연히 안 믿지."

"형이 엘 박사님을 엄마처럼 따르는 건 맞아요. 하지만 그런 무슨 말도 안 되는……. 형은 늘 저와 아버지와 함께 살았어요. 캠프 때만 빼고요. 도대체 무슨 소리들을 하는 건지. 수학을 공부하는 사람들 중에도 그렇게 허무맹랑한 말을 던지는 사람들이 있나요? 어이가 없네요."

이오는 무척 흥분했다.

"이상하게 들렸다면 미안해. 그래, 내가 너무 나갔다고 쳐. 그런데 그런 소리를 하는 사람들이 한두 명이 아니라서 그래."

"그건 또 무슨 말이에요? 여러 명이 이야기하면 모두 사실이 된단 말씀이세요? 그런 이상한 소리를 하실 거면 전 이만 가보겠습니다. 제가 잘못 찾아온 것 같아요."

이오는 단단히 화가 났다. 엘 박사님에 대한 형의 순수한 마음을 왜곡하는 사람들이 있다는 사실에 너무 불쾌했다.

"그래, 처음엔 나도 그랬어. 그런데 그런 말을 하는 사람들이 특별히 없는 말을 지어내는 사람들도 아니고 가끔 자신들이 찍은 사진도 보여주기도 해서 말이야. 다른 사람들은 몰라도 카이와 엘 박사는 《MATHTABULA》 회원들에겐 공인이잖아. 캠프가 있던 대학 근처에서 두 사람을 자주 보았다고 했어. 그건 이미 형이 수학재능아 프로그램에 참여할 때부터 있었던 소문이야. 그 많은 학생들 중에서 특별히 아끼는 학생이라고 말이야. 하지만 아무리 아끼는 학생이라도 개인적으로 만나는 건 드문 일인데 사람들 눈에 띄니까 입에 오르내리게 된 거지."

"그래서 코치님이 직접 봤어요?"

이오는 톡 쏘아서 말했다.

"아냐. 아냐. 난 그저 전해 들었어."

"전해 들은 이야기만으로 이렇게 사람을 몰아가도 되는 건가요?"

"그래, 내가 직접 본 일도 아닌 것으로 말한 게 문제가 된다면 미안해. 하지만 두 사람이 함께 있는 게 명백한 사진은 직접 봤어. 그리고 이오의 이런 반응을 예상 못 한 건 아니지만 내가 이 말을 어렵게 꺼낸 건 캠프 때도 두 사람이 만났었다는 이야기가 들려서야."

"그건 도대체 무슨 소리죠?"

흥분하던 이오는 류샹 코치의 말을 일단 들어보기로 했다.

"내가 카이 일의 충격으로 《MATHTABULA》를 한 회 내지 못한 적이 있어. 《MATHTABULA》 회원들은 나에게 카이에 대해 호의적이지 않은 정보들을 보내왔어. 내가 그 말을 모두 믿었던 건 아냐. 그런데 보내온 사진은 분명 엘 박사와 카이가 함께 있는 장면이 많았어. 둘이 같이 사적인 곳에서 어울린 건 아주 오래전부터라고 하더군. 뭐 그 사진들이 이상하고 문제가 될 만한 장면은 아니야. 마트나 공원, 영화관 이런 곳에서 함께한 사진들이야. 하지만 사람들의 추측은 그 이상을 갔고. 그러니 결론은 그런 아이가 사생활로 인한 고민에서 벌인 일인데 내가 왜 휘청해야 하냐는 것이었어. 그들은 나를 위해서 그렇게 알려준 것뿐이야. 다시 한 번 말하지만 내가 가볍게 들리는 모든 말을 쉽게 믿는 사람은 아냐. 난 신중해. 특히 이건 내 학생의 일이기도 하고. 난 진지하게 이야기하는 거고. 오늘도 꺼낼까 말까 고민하다 혹시 내가 모르는 카이와 엘 박사의 관계가 있는지 더 확실히 알아보려고 조심히 꺼낸 말이니 이해해주길 바라네."

이오는 말문이 막혔다.

"그럼, 아까 형의 이성문제를 언뜻 비친 게 이 말씀을 하기 위해서였어요? 제가 뭘 좀 알고 있는가 해서요?"

"흥분하지 마. 이오. 나도 카이가 왜 그랬는지 이유를 알고 싶은 사람이야. 회원들은 사생활 문제로 흔들린 아이라고 했지만 그것은 말도 안 되는 억측에 불과하다는 생각이 더 크기 때문에 그러는 거야. 하지만 지금 나에게 오는 정보들은 회원들의 추측이 사실일지도 모른다는 쪽으로 기울어지고 있어. 그럴 만한 합리적인 의심을 갖게 된 건 이 사진 때문이야. 한번 보라고."

사진엔 정말 엘 박사님과 카이 형이 담겨 있었다. 한 공원 벤치에서 엘 박사님이 아련한 눈으로 형의 머리를 쓰다듬고 있었다.

"날짜가 보여?"

이오는 사진에 찍힌 날짜를 봤다.

"우리 캠프 전날이야."

이오의 얼굴은 정색이 되었다. 어이없어서 나오던 분노는 사진

앞에서 가라앉았다.

"뒤에 조형물 보여? 거대한 정육면체를 한 꼭지점으로 지탱한 조형물. 캠프가 있었던 대학교에서 얼마 떨어지지 않은 공원에 있는 거지. 그 지역 랜드마크라 조작된 거라고 볼 수도 없어. 뭐 워낙에 아끼는 학생이니까 캠프에 격려를 하러 올 수도 있다고 생각해."

하지만 이오는 알고 있었다. 엘 박사님 연구실을 방문했을 때 엘 박사는 올림피아드 팀에게 방해가 될 것 같아 가지 않았다고 했다. 하지만 그 말은 전하지 않았다.

"그런 거겠죠. 격려하러 올 수도 있잖아요. 전 저 사진이 하나도 이상하게 보이지 않아요. 이상하게 보는 사람들이 이상한 거 아니에요?"

"맞아. 나도 그렇게 생각해. 내가 보기에도 그저 엄마와 아들처럼 보일 뿐이야."

류샹 코치는 이오의 기분을 살폈다.

"불쾌하게 했다면 미안하지만 나도 이오처럼 그저 형이 극단적 선택을 하게 된 이유가 궁금해서 이런저런 생각을 했다는 것만 이해해주면 좋겠어. 다른 의도는 없어."

류샹은 차분하게 말했다.

"그건 감사하고 있어요. 그리고 오늘도 긴 시간을 내주시고 형에 대한 이야기를 해주신 것도 감사하고요. 마지막 이야기는 안 들었으면 더 좋았을 뻔했지만 사진을 보면 모르는 사람들은 오해할 수도 있을 것 같긴 하네요. 최소한 스승과 제자보다는 더 가까운 사이처럼 보이는 건 사실이니까요."

이오도 차분하게 이성적으로 답했다.

"그래도 전 그만 가보겠습니다."

이오는 도망치듯 그 자리를 떠나려 했다.

"이렇게 가버리면 안 될 것 같은데……. 내가 끝까지 말하지 말았어야 했는데 경솔했던 것 같아. 그냥 잊어."

이오는 답을 하지 않았다.

"궁금해할 어떤 것을 더 알게 되면 연락 줄게."

"네. 감사합니다."

이오는 영혼 없는 대답을 하고 얼굴이 벌게진 상태로 《MATH TABULA》 사무실을 나왔다.

사무실 밖을 걸어 나오면서 갑자기 어지러움을 느껴 벽을 짚었다. 엘 박사님의 안부를 말할 때 격렬하게 반응했던 형이 떠올랐다. 엘 박사님의 책상 위에 형의 사진이 끼워진 액자가 생각났고 그 사진을 보던 자신을 의식해서인지 액자의 방향을 살짝 바꾸던 엘 박사님의 모습도 연이어 떠올랐다.

"설마. 아닐 거야. 이건 어디까지나 우연이야."

형에 대해 궁금한 것을 알아오기는커녕 혼란만 더 커진 이오는 어찌할 줄을 몰라 정신이 나간 듯 고개를 절레절레 흔들며 벽을 의지해서 걸어나왔다.

진실의 퍼즐 조각

답을 얻으러 갔던 곳에서 오히려 질문만 잔뜩 짊어지고 온 이오는 마음이 무거웠다. 엘 박사님과 형의 관계를 의심하는 《MATHTABULA》 회원들의 말을 류샹 코치에게 전해 들었을 땐 처음엔 말도 안 되는 소리라 생각했지만 그들의 입장에서 다시 돌아보니 무심코 지나쳤던 것들이 새삼스럽게 다가왔다. '엘 박사님 연구실 책상 위에 있던 형의 사진', '그걸 보는 자신을 불편하게 생각했던 엘 박사님의 시선', '캠프기간 동안 형을 만나지 않았다는 엘 박사님의 말씀', '캠프 전날 엘 박사님과 형이 함께 있었던 사진', '엘 박사님 이야기를 했을 때 격렬한 반응을 보였던 형' 등. 서로 다른 장소에서 수집한 장면들이 이오의 머릿속에 직소 퍼즐 조각처럼 흩어졌다. 서로 밀어내는 힘을 가진 조각들인지 좀처럼 하나의 그림으로 맞춰지진 않았다. 솔직히 말하면 퍼즐 조각들은 명백히 엘 박사님과 형의 관계가 단순한 스승과 제자의 관계가 아니라는 그림을 향했지만 이오 자신이 아직 받아들일 준비가 되지 않았다.

"아니야. 아닐 거야."

머리가 복잡한 이오는 시끄러운 장소가 싫어졌다. 학교에서도 당분간 혼자 있고 싶었다. 책을 꺼내 읽는 척을 했다. 책을 보고 있으면 친구들이 적어도 말을 걸지는 않았다. 눈은 책을 향해 있었지만 떠오르는 갖가지 생각으로 똑같은 줄을 열 번도 넘게 읽었다. 그런데 그 순간을 놓치지 않은 누군가의 소리가 뒤에서 들렸다.

"이쯤 되면 한 장을 넘겨줘야 하는 거 아냐?"

아리였다.

"혼자 뭐 해? 책을 읽는 건 아닌 게 확실하고. 요즘 도통 넋이 나간 사람 같아. 형 병원에 방문하러 가게 되었다고 방방 뛰더니 그 이후 도대체 무슨 일이 있었던 거야?"

무심한 듯하면서도 늘 이오를 챙기는 아리의 눈을 피할 수는 없었다.

"들켰네."

이오는 솔직히 말했다. 그러고는 책을 덮었다.

"뭐가 잘 풀리지 않는 거니?"

아리가 물었다.

“그러게…….”

이오는 쉽게 말을 잇지 못했다.

“뭔가 자꾸 꼬이는 느낌? 괜히 나섰나 싶고. 내가 뭔데 형의 사생활을 알아보려 하나 생각도 들고.”

“글쎄. 나도 누가 내 사생활을 지나치게 간섭하는 것은 싫지만 너의 형 같은 경우는 사생활을 넘어 생명이 위험한 일이었잖아. 가족이라면 나도 너와 같은 선택을 했을 거야. 생사가 갈려 누워 있는 형을 보면서 왜 그랬는지 알고 싶지 않은 동생이 어디 있어?”

이오는 아무 말이 없었다.

“누가 그러더라. 자신이 실패한 이유는 자꾸 노력했다는 것의 반증이라고. 아무 노력도 안 한 사람은 실패도 없는 거래. 힘내! 이오.”

아리는 이오의 어깨를 두드렸다. 그러고는 손에 들고 있던 것을 내밀었다.

“자!”

사진이었다. 맥없이 앉아 있던 이오는 아리가 건넨 사진을 보자 눈이 커졌다.

“어! 이거!”

아리는 이오가 무엇을 말하려는지 알았다는 듯 긍정의 눈짓을 보냈다.

"드디어 맘에 드는 사진을 찍은 거구나!"

"응. 어제 온라인 접수는 했어. 이건 너하고 너의 형, 제이에게 한 장씩 주려고 출력한 거야. 어때?"

아리는 야경사진대회에 출품한 사진을 보여줬다.

"내가 뭐 전문가는 아니지만……."

이오는 사진을 바라보며 말했다.

"좋다! 마음이 편해져."

사진을 계속 들여다봤다.

"그래? 성공했네. 제목은 '비어 있음'이야."

아리도 함께 사진을 봤다.

"아! 비어 있음……. 그러네. 이 사진이 나에게 말을 하는 것 같아. 비우라고."

이오는 말했다.

"너무 꽉 차 있으면 오히려 순환이 안 되잖아. 이오. 우린 아직 어려. 우리가 감당하기 어려운 일들이 세상엔 훨씬 더 많다고. 힘든 일을 겪었다고 갑자기 성숙해지려 하지 마."

아리는 아버지를 떠나보낸 큰 어려움을 겪은 아이여서일까? 어떤 면에서는 징그러울 정도로 어른스러운 지혜를 갖고 있었다. 이오는 아리가 고마웠다.

"고마워. 위로도 사진도. 너도 사진대회에서 좋은 결과가 있으면 좋겠다."

이오도 아리에게 덕담을 주었다.

그때 멀리서 제이의 모습이 보였다.

"뭐야. 나만 빼고 이 우정 어린 낯선 모습은. 요즘 도통 책만 보고 폼만 잡고 있어서 말 걸기도 어렵더만. 오늘은 이런 여유도 보이고 아주 좋은데? 그나저나 드디어 떴어."

제이가 말했다.

"뭐가?"

아리가 물었다.

"교실에 탐구보고서 공지가 붙었어."

제이의 관심은 온통 탐구보고서 대회를 향해 있었다.

"그래?"

이오도 관심을 보였다.

"이번엔 계획서를 먼저 내래."

제이가 말했다.

"나는 이제 관객모드로 가야겠다. 너희가 정하고 내가 할 일을 알려줘."

아리는 뒤로 물러섰다.

"우리에게도 아리에게도 분명 흥미로운 주제를 찾을 수 있을 거야."

이오가 말했다.

"아직 주제도 정하지 않았는데 계획서를 어떻게 쓰지?"

아리가 물었다.

"지난번 우리가 피자 먹으러 갔을 때 잠깐 말이 나와서 난 유전자 편집 관련해서 몇 가지 찾아봤어. 너희도 몇 개 주제에 대해 생각해오면 거기에서 정하면 될 것 같아."

제이는 아리가 듣도록 일부러 크게 말했다.

"들었지? 이번엔 무임승차 안 된다! 지난번 진 박사님 강연에서도 그건 비윤리적인 일이라고 하셨잖아. 우리 각자 할 수 있는 건 하자고."

제이는 아리를 쳐다봤다.

"맞아! 진 박사님!"

아리가 뭔가 생각났다는 듯이 손뼉을 치며 말했다.

"이오야, 우리 진 박사님 댁에 언제 가?"

"맞아. 우리 초대해주셨잖아."

제이도 반색하며 말했다.

이오는 그동안 형의 일로 정신이 없어서 그 약속을 뒤로 미루고 있었다.

“주제 정하기 전에 진 박사님께 가서 자문도 구해보면 어때?”

제이는 적극적이었다.

“꼭 그것 때문이 아니더라도 그냥 놀러 가는 거지.”

아리도 거들었다.

“알았어. 내가 연락드려 볼게.”

“와! 유명한 박사님 댁은 어떤 모습일지 궁금하다!”

아리와 제이는 무척 설레는 모습이었다.

4부

핏줄은 같지 않아도 같은 추억을 공유한 시간으로

연결된 관계가 더 끈끈할 수도 있다.

유전공학자 진 박사

“여기가 맞는 것 같은데?”

이오는 스마트폰을 들고 박사님이 알려준 주소를 지도로 확대해보면서 주변을 확인했다. 그곳은 회장님들이나 연예인들이 많이 살기로 유명한 동네였다. 대부분 담벼락이 성처럼 높아 안을 들여다볼 수 없는 구조의 주택들이었다.

“우와! 드라마 회장님 댁에 나올 만한 집들이네. 드라마를 찍을 때 이런 곳에서 찍는다면서.”

호기심 많은 아리가 집 안을 들여다보려고 팔짝팔짝 뛰었다.

“야야! 저기 골목 CCTV 안 보여? 어디선가 막 경호원들이 나올 분위기야.”

제이는 아리가 또 뛰지 못하도록 손을 잡았다.

"우리나라 유전자 공학의 선두주자라고 하시더니 정말 부자신가 보다."

제이가 주변을 둘러보며 말했다.

"유전자 공학 공부하면 돈 잘 벌어?"

아리가 물었다.

"지난번 식당처럼 유전자 기술이 다양하게 응용되니까 그러지 않을까? 연구 로열티가 있잖아."

제이와 아리가 이런저런 이야기를 하는 동안 이오는 진 박사님께 전화를 걸었다.

"박사님. 푸른색 대문 집 앞에 왔어요. 여기에 푸른색 대문은 이곳 하나인 것 같은데요. 네. 네. 알겠습니다."

통화가 끝나는 동시에 문이 열렸다. 셋은 마당 돌길을 따라 집으로 걸어 들어갔다. 그때 현관문이 열리면서 편안한 복장을 한 진 박사님이 나타났다.

"어서들 와요."

박사님이 밝은 웃음으로 손님을 맞았다.

"안녕하세요."

이오, 아리, 제이가 박사님을 향해 인사를 했다.

"와줘서 고마워요. 잠깐 여기 앉아 있을래요. 내가 식사준비를 하고 있었답니다."

집 안은 포근해서 밖의 추운 날씨가 느껴지지 않았다. 소파에 앉아서 거실을 두리번거리던 아리와 제이는 부엌에 들어간 진 박사님을 따라갔다.

"저희가 도와드릴게요."

"그래 주겠어요? 그럼 누가 냉장고에서 주스를 꺼내 따라줄래요?"

진 박사는 이미 부엌 식탁에 준비를 거의 마쳐놓은 상태였다. 제이는 주스를 유리잔에 따랐다. 진 박사는 따뜻한 수프를 담아 각 자리에 놓았다.

부엌에 들어선 이오는 식탁을 보고 감격해서 한동안 멈춰 서 있었다. '이렇게 잘 차려진 식탁을 본 게 언제였던가?' 늘 식사당번은 자신과 아버지가 돌아가면서 했고 그나마도 형이 병원에 가 있는 동안엔 배달음식으로 혼자 대충 때우는 시간이 많았다. 이오는 정성 가득히 갓 지은 요리를 보니 어릴 적 엄마 없는 자신을 돌봐주시던 돌아가신 할머니의 밥상이 떠올랐다.

"너 완전 감격했지?"

이오는 이번에도 아리에게 속마음을 들켰다고 생각했다.

"뭘 해야 젊은 친구들이 좋아할까 고민하다가 스테이크로 정했어요. 한창 성장기니까. 어서들 들어요.”

“맛있게 먹겠습니다!”

진 박사의 말이 끝나자마자 아리와 제이가 큰 소리로 답했다. 이오도 이어서 말했다.

“감사히 잘 먹겠습니다.”

이오는 진 박사님이 차려주신 수프를 한 입 먹었다. 너무 맛있었다.

“이건 어떻게 만드신 거예요? 겉으로 보기엔 옥수수 수프 같은데 뭔가 깊은 단맛이 느껴져요.”

“요리에 관심 있어요?”

“아버지와 둘이 살아서 제가 식사당번일 때가 있는데 제가 할 수 있는 최고의 요리가 고작 라면 정도라서요. 알아두면 나중에 아버지께 해드리고 싶어요.”

“버스에서 낯선 할머니를 도와주는 것도 요즘엔 드문 일인데 아버지를 생각하는 마음됨됨이도 참 바르군요. 이오군을 이렇게 키워주신 부모님이 참으로 훌륭한 분이란 생각이 들어요.”

이오는 진 박사의 칭찬에 얼굴이 붉어졌다.

“갈 때 내가 잘 적어줄게요.”

이오는 부엌에 자신만 있는 듯 음식에 몰입하여 맛있게 먹었다. 아리, 제이도 정신없이 먹느라 부엌은 조용해졌다. 진 박사는 세 친구가 귀여운 듯 인자하게 쳐다봤다. 셋은 빠른 속도로 그릇을 거의 다 비웠다.

“우리가 너무 빨리 먹은 것 같아요. 이제 다른 사람들이 눈에 들어오네.”

아리가 멋쩍었는지 농담을 했다.

“맞아. 말도 안 하고 밥만 먹었어.”

“너무 맛있어서 그랬어요.”

이오와 제이도 한마디씩 했다.

“잘 먹어주니 요리를 준비한 사람으로서 너무 기쁜데요!”

진 박사는 가벼운 샐러드로 일찍 식사를 마치고 세 손님을 살피고 있었다.

“설거지는 당연히 저희가 하겠습니다!”

아리가 빈 접시를 들고 일어섰다. 제이와 이오도 빈 그릇을 옮겼다.

“그럼, 나는 후식을 준비해야겠군요.”

아리는 설거지를, 제이와 이오는 식탁을 치우는 일을 도왔고 진 박사는 후식을 준비했다. 그렇게 식사 뒷마무리가 한참 진행된 후 네 사람은 후식을 들고 거실로 자리를 옮겼다.

“젊은 사람들이 오니 집에 생기가 넘쳐서 좋아요.”

진 박사가 과일을 권하면서 말했다.

"손자분들도 가끔 오지 않나요?"

아리가 과일을 먹으며 물었다.

"그러면 좋겠는데……. 난 결혼을 안 했답니다."

아리는 매우 놀랐다. 자신이 큰 실례를 한 것 같았다. 아리는 뻘줌함에 과일만 우걱우걱 먹었다. 이오도 아리와 같은 생각을 했던 터라 옆에서 조용히 과일만 씹어 삼켰다.

"모든 사람이 결혼을 해야 한다는 그 편견 좀 버려."

제이는 아리에게 면박을 주었다.

"괜찮아요. 늘 익숙한 일이에요."

진 박사는 여느 때처럼 편안한 말투로 말했다.

"박사님 지난번 강의는 정말 좋았어요. 강의를 자주 다니시나요?"

제이는 화제를 돌렸다.

"퇴직하고는 보통은 집에 있어요. 여기저기 명예교수로 있어 달라는 요청을 다 뿌리치고 있죠. 다만 청소년과 만나는 특강 요청에는 힘이 닿는 한 참여하고 있어요."

진 박사가 담담히 말했다.

"그날 연구윤리 강연은 저 자신이 과제를 하는 태도를 돌아본 계기가 되었어요. 특히 무임승차하는 아이들에 대한 말씀은 꼭 필요한 부분이었다고 생각합니다."

제이는 아리를 쳐다보며 말했다. 아리는 제이를 보며 입을 삐죽거렸다.

"도움이 되었다니 내가 고맙네요. 강의를 섭외하셨던 선생님께서 탐구보고서 활동이 있다고 하던데 주제는 정했어요?"

진 박사가 물었다.

"지금 각자 관심 있는 주제를 찾는 중이고요. 그중에서 셋이 함께할 주제를 정하려고 해요. 안 그래도 탐구보고서 대회 얘기를 하다가 진 박사님께서 초대를 해주신 것이 떠올라 여기까지 오게 된 거예요. 박사님은 유전자 공학을 전공하셨다고 했죠?"

과일을 거의 다 먹어갈 무렵 제이가 물었다.

"네, 맞아요. 혹시 그쪽에 관심이 있어요?"

"최근에 우연치 않게 유전자 편집으로 기른 재료를 사용한 식당을 몇 번 가게 되면서 관심이 많아졌어요. 유전자 편집으로 양식된 참치를 파는 식당도 가봤고요. 거긴 벌써 10년이 되어간대요."

제이가 말했다.

"그렇죠. 그 기술이 나온 지 벌써 10년이 넘었으니까요. 유전자 편집으로 성공한 분야예요. 동물이나 물고기에는 미오스타틴이라고 근육성장을 억제하는 유전자가 있거든요. 그 녀석을 제거하면

동물이나 물고기의 근육량을 늘게 해서 살이 많은 소나 물고기를 만들 수 있죠. 바로 유전자 편집으로 양식된 참치가 그 원리로 길러진 거예요. 제가 속했던 연구팀은 찾고 싶은 유전자를 쉽게 찾아내서 편집할 수 있는 도구를 만들어냈어요. 유전자를 편집하는 일종의 가위역할을 하는 약이죠. 우리가 찾아낸 약을 주입하면 특정 유전자를 찾아 없애주는 거죠. 일종의 찾아가는 가위라고 생각하시면 돼요. 완벽히 자신이 목표로 하는 유전자를 찾아가서 싹둑! 그저 주사기 한 번으로!"

진 박사는 손가락을 가위처럼 흉내 내며 설명했다.

"물론 지금 설명은 이론을 아주 단순하게 말한 거고요. 실제로 성공하기 위해서는 다양한 변수가 있어요."

"우와! 그럼 저희가 갔던 식당을 가능하게 하신 분이군요! 대박! 이런 말 드려도 되는지 모르겠지만 그 기술을 개발한 분이 돈을 엄청 벌었다고 하시던데 그럼 그분이 바로 박사님이신 건가요?"

"그런 소문이 있나요? 그래요, 돈을 벌 목적으로 시작한 연구는 아니었지만 결론적으로는 대단했죠. 하지만 나이가 드니 생활비 정도의 돈만 있으면 충분하더라고요. 대부분의 수입은 장학재단을 만들어 그곳에 기부하고 있어요. 또 난 죽어도 남길 자식도 없잖아요."

"와! 정말 대단하세요. 존경스러워요."

제이가 말했다.

"넌 돈을 존경하는 거지?"

아리가 제이를 놀렸다. 두 친구의 대화를 듣던 이오는 서로 기분 나쁠 수 있는 이야기도 솔직히 하는 격의 없는 사이가 부럽기도 했지만 저러다 절교를 하게 되지는 않을까 염려도 됐다. 다행히 제이는 아무렇지 않은 듯했다.

"유전자를 편집해서 운동을 더 잘하게 하거나 공부를 더 잘하게 한 결과도 있나요?"

아리는 그저 떠오르는 대로 질문을 했다.

"그건……. 발표된 연구결과가 아직은 없어요."

박사는 조금 곤란한 표정을 지으며 말했다.

"엥? 진짜요? 저 같으면 그 기술로 가장 먼저 머리를 좋아지게 만들 것 같은데. 정말 의외인데요?"

아리는 의아하다는 듯 말했다.

"그건 인간 수정란을 직접 편집한 아기가 태어난 후 그 아이의 성장과정을 관찰해야 하는 연구인데……. 유전자 편집기술이 나왔을 당시에는 사람의 수정란에 대한 세포 편집 실험은 불법이었어요. 기술적으로 가능하더라도 당시 세계가 함께 정한 연구 가이드에 어긋나는 일을 할 수는 없었지요. 물론 윤리의식보다 자신의 호기심과 공명심이 더 강한 과학자들 일부가 인간 수정란의 유전자 편집을 시도하려는 경우는 있었지만 모두 연구직을 박탈당했어요. 그만큼 인간의 수정란을 직접 편집하는 연구는 엄격히 제한했어요."

진 박사는 단호하게 말했다.

"모르게 할 수도 있는 거 아니에요?"

아리의 상상은 거침이 없었다. 제이는 아리가 너무 과감한 질문을 하는 것 같아 적당히 좀 하라는 눈짓을 보냈지만 아리는 전혀 알아채지 못했다.

"사람의 일인지라……. 그럴 가능성이 전혀 없다고는 장담할 수가 없긴 하지요."

박사는 말끝을 흐렸다.

"만약 그렇다면 대박 아니야?"

아리는 유전자 편집기술이 흥미롭다는 듯 이오와 제이를 쳐다봤다.

"넌 도대체 뭐가 대박이라는 거야. 그건 비윤리적인 일이었다고 박사님께서 말씀하시잖아."

철없는 동생 쳐다보듯 제이는 감정을 꾹꾹 눌러 아리에게 말했다.

"아니 난 그냥. 늘 가상으로만 생각했던 일이 실제로 내 옆에서 이루어지고 있다니까 그저 신기해서 그런 거지."

아리는 제이의 표정을 보니 자신이 또 눈치 없이 무슨 실수를 한 건지 괜스레 움츠러들어 말소리가 작아졌다.

"그럼 너도 이제 유전자 편집기술에 대해 관심이 좀 생긴 거야?"

"응. 흥미롭긴 하네. 같이 탐구해보면 괜찮겠어."

아리가 관심을 보이며 말했다.

"그럼 잘됐어. 이오야, 아리가 드디어 관심 있는 주제가 나타난 것 같은데 우리 유전자 편집기술에 대한 연구를 탐구보고서 주제로 정하는 게 어때?"

제이가 이오를 보고 말했다. 이오는 보고서 대회에서 소외되는 사람이 없도록 아리가 관심 분야를 말할 때까지 기다리고 있었기에 아리에게 다시 한 번 물었다.

"아리도 동의하는 거야?"

"내가 제이의 열정을 어떻게 이겨. 제이 하고 싶은 대로 해줘야지."

아리는 뭐든 상관없다는 표정이었다.

"그럼 그렇게 하자. 그런데 나도 아직 유전자 편집에 대한 연구가 어디까지 진행되었는지 모르니까 그 부분에 대한 조사부터 해야겠어. 우리도 먼저 공부를 하는 의미에서 유전자 연구의 흐름, 찬

성과 반대의 의견, 그리고 현재 합의된 사회의 약속 등을 조사해보고 친구들에게도 한번 고민할 거리를 던져주는 거지."

이오가 의견을 제시했다.

"좋아. 좋아. 좋아. 우와! 이제 우리 주제 정해진 거야! 난 너무 좋아! 재밌을 것 같아"

제이는 자신이 희망하던 주제가 팀의 탐구보고서 주제로 선택되자 상기된 얼굴이었다.

"박사님 댁에 와서 그런지 우리가 막 학구적인 사람들이 되는 것 같아."

아리가 말했다.

"그래. 누구보다 넌 박사님 댁에 좀 자주 와야겠다."

제이가 아리를 보고 한쪽 눈을 찡긋거리며 농담을 했다. 진 박사는 아리와 제이의 티격태격 재기발랄한 대화를 들으며 시종일관 미소를 지었다.

"이오군도 유전자 공학에 관심이 있었나요?"

박사가 이오에게 물었다.

"형과 제이 덕에 조금 알고 있는 정도예요."

이오가 말했다.

"형이 있어요?"

진 박사가 물었다.

“네! 이오는 형을 무지 좋아해요. 형 이야기를 할 때는 눈에 하트가 뿅뿅 나타나죠. 저한테도 형이 들려준 수학 이야기를 자주 해줘요. 형부심이 대단해요.”

아리가 거들었다.

“형부심이요?”

진 박사는 아리의 줄임말을 알아듣지 못했다.

“아! 형에 대한 자부심이요.”

아리가 설명을 했다.

“하하! 형에 대한 자부심을 형부심이라 하는군요?”

아이들의 줄임말이 어색한 진 박사가 웃어 보였다.

“형이 소수를 유전자에 비유한 적이 있어요. 그때 들은 말이 기억이 나서 유전자의 기초지식에 관련된 책을 몇 권 읽은 적 있어요.”

머리를 긁적이며 이오가 말했다.

“소수를 사람을 이루는 유전자에 비유한 표현은 흥미롭네요. 형은 특별한 생각을 가진 친구군요.”

후식 접시가 비자 다시 과일을 깎던 진 박사가 눈썹을 치켜올렸다 내리며 관심을 보였다.

"이오의 형은 올림피아드 대표까지 했어요."

아리는 이오의 형에 대해 살짝 아는 척을 했다.

"그래요? 대단하네요. 그건 정말 탁월한 친구들만 할 수 있잖아요. 저도 젊은 시절엔 공부 좀 한다는 소리는 들었지만 올림피아드 대표까지는 엄두도 못 냈어요. 그런 형이 너무 자랑스럽겠어요."

"네."

하지만 병원에 누워 있는 형이 떠올랐는지 이오의 목소리는 조금 가라앉았다. 아리는 괜한 이야기를 했다는 생각에 이오의 눈치를 살폈다.

"여러분이 정한 주제를 보니 내가 도움이 될 수 있을 것 같아요. 공부하다 궁금한 게 있으면 언제든지 물어봐요."

"네!"

제이가 가장 큰 목소리로 대답했다. 그러고는 박사님에게 다가가 팔짱을 슬쩍 끼며 특유의 친근한 말투로 이야기했다.

"그건 그렇고요, 박사님. 집 구경 좀 시켜주시면 안 돼요? 박사님의 서재가 너무 보고 싶어요."

"뭐 특별한 건 없을 텐데. 원한다면 그러죠."

진 박사는 흔쾌히 허락했다.

"서재는 2층에 있어요."

박사님의 안내에 따라 아리, 제이, 이오는 2층으로 올라갔다. 수련이 있는 연못 그림이 가장 먼저 그들을 반겼다.

"와! 마음이 평온해져요."

셋은 한참을 가만히 서서 그림을 바라보았다.

"제가 좋아하는 모네의 작품이에요. 놀라진 말아요. 물론 진품은 아니랍니다."

진 박사가 눈을 찡긋거리며 웃어 보였다.

"학생시절은 누구나 풍족하지 않잖아요. 유학생 시절에 도서관, 기숙사를 오고 가며 빠듯하게 생활했어요. 한 푼 아껴 책을 사야 했기 때문에 취미생활 같은 것은 꿈도 꾸지 못했었죠. 그래도 운이 좋게 학교 근처에 미술관이 있었어요. 한 달에 한 번 무료로 개방했죠. 그곳엔 유명한 화가들의 작품들이 여러 점 전시되어 있었는데 전시관을 천천히 돌아보다가 이 그림 앞에 섰을 때 나도 모르게 눈물이 나더라고요. 뭐가 그리 힘들고 서러웠는지 이 그림 앞에서 한참을 울었던 기억이 나요. 전시실엔 검은 양복을 입은 관리인들이 있었는데 자리를 잠깐 비켜주더라고요. 고마웠어요. 울고 나니까 다시 힘이 생기던데요. 다시 용기를 내서 열심히 생활했죠."

세 사람은 박사님이 젊은 시절 연구를 하며 견뎌야 했던 인내의 시간을 함께한 그림이 달리 보였다.

"자, 여기가 제 서재예요. 책이 제법 많죠? 어려서부터 공부하던 책, 그리고 좋아하던 책은 버리기가 그렇더라고요. 내 분신을 버리는 것 같아서. 정리를 잘 하고 잘 버려야 된다던데 그러지 못하니 이렇게 돼버렸어요. 책 하나하나를 볼 때 그때의 경험이 고스란히 살아나죠."

"이 책들은 선생님이 살아온 역사를 담은 책들이네요. 나도 앞으로 이렇게 방을 꾸밀까?"

"그런데 넌 읽은 책이 별로 없어서 썰렁할지 모르잖아."

아리의 말을 제이가 그냥 넘어가지 않았다.

"이제부터라도 읽으면 되지."

아리는 뭔가 깨달은 표정이었다.

"이쪽 부분이 유전자 편집에 관한 기초교양서적이에요. 대중의 눈높이에서 쓴 교양서적인데 아마 이걸 보면 조금 쉽게 유전자 편집에 대해 접근할 수 있지 않을까란 생각이 드는데 필요하면 빌려가도 좋아요."

이오는 그 책장에서 한 권을 꺼내 책 내용을 살폈다. 아리와 제이는 책장 옆에 있는 다소 오래돼 보이는 장식장으로 향했다. 그 안에는 각종 트로피와 상장, 훈장 그리고 사진액자들이 놓여 있었다.

"상장이 많아요!"

아리가 장식장을 들여다보며 말했다.

“네, 우리 연구팀의 연구가 세계적으로 인정을 받으며 여기저기 학계와 나라에서 받은 것들이에요.”

제이도 아리 옆에서 차근차근 장식장을 훑어보았다.

“사진액자 모양이 특이하네요?”

장식장을 보던 아리가 흥미롭다는 듯 말했다.

“그러네. 이거 DNA 구조 아닌가?”

제이도 관심을 보였다.

옆에서 책을 구경하던 이오도 아리와 제이가 말하는 사진액자로 시선을 옮겼다.

‘어! 이 문양은 어디서 본 것 같은데.’

잠깐 뭔가를 생각하던 이오는 엘 박사님의 연구실에서 본 액자를 떠올렸다.

“오! 신기하네!”

이오가 무심코 내뱉은 말을 아리와 박사님이 들었다.

“여긴 뭐 특별히 신기할 게 없는데요?”

박사는 이오가 무엇을 보고 놀랐는지 궁금해했다.

“아, 네. 문양이 독특한 저 액자요.”

“아! 그 액자는 우리 유전자 공학 학회에서 연구의 성과를 기리기 위해 DNA 구조를 형상화해서 한정판으로 만든 액자예요. 제가 젊었을 때니 그 물건도 나이가 제법 되었죠."

진 박사는 이오의 말이 끝나기도 전에 액자에 대해 설명해주었다.

"본 적이 있어요. 혹시 엘 박사님이라고 아세요?"

"엘 박사? 혹시 전체 이름을 알아요?"

"아뇨. 전 그냥 늘 부르던 성함밖에는 몰라요."

"아! 그렇군요. 딱히 떠오르는 사람은 없는데."

제이도 어느새 이오와 진 박사의 대화를 관심 있게 듣더니 물었다.

"엘 박사님이 누구신데?"

"응. 그게, 우리 형 일로 알게 된 박사님이셔."

이오가 말했다.

"그 올림피아드 대표라는 형이요?"

진 박사가 물었다.

"네."

이오가 답했다.

"일전에 엘 박사님 연구실에 간 적이 있는데 거기서 똑같은 액자를 봤거든요. 모양이 독특해서 기억이 났죠. 한정판으로 만드신 거라고 하니 혹시 아시는 분인가 해서요."

"아. 그렇군요. 그럼 어쩌면 그분도 우리 유전자 공학 학회 회원이셨나 봐요."

진 박사가 말했다.

"전공은 영재교육이실 것 같은데……."

이오는 혼잣말을 했다.

"아니면 네가 비슷한 걸 착각했던가."

제이가 말했다.

"혹시 그 엘 박사님은 어느 연구소에 계시죠?"

진 박사가 물었다.

"수학 교육 연구소에요. 제가 위치를 보내드릴게요."

"그래요. 한번 기회 되면 알아볼게요. 또 내가 잊었던 인연을 찾을 수도 있으니까요."

"네."

셋은 계속해서 장식장을 구경했다. 그때 아리가 흑백사진의 한 사람을 가리키며 물었다.

"혹시 이 사진이 박사님이세요?"

"알아보겠어요? 아리양은 관찰력과 눈썰미가 있나 보네요. 그런 눈썰미는 사람들이 필요한 것을 빨리 알아내서 알게 모르게 사람들에게 많은 도움을 주지요."

박사님은 잠깐 본 아리를 정확하게 파악했다.

"어디. 어디. 어디? 오……. 지금도 미인이시지만 그때도 미인이셨네요."

제이도 사진을 보며 말했다.

"제이 학생은 상대방이 어떤 말을 좋아하는지를 잘 알고 있군요."

진 박사가 웃으며 말했다.

"아부쟁이죠."

아리가 한마디했다.

"그런데 아무래도 연구소는 외모로 뽑았나봐요. 이 옆의 분도 너무 미남이신대요? 요즘이면 아이돌을 하셔도 될 외모예요."

"그런가요? 우리 연구소 대학원 연구팀 후배였죠. 아주 눈이 부시도록 아름다운 사람이었죠. 실력도 탁월했고. 마음도 순수하고……."

액자에 관심을 두느라 사진은 대충 흘려봤던 이오는 제이의 말을 듣고 나서 사진을 다시 제대로 쳐다봤다. 사진 속엔 교수님 옆으로 앳된 대학생으로 보이는 남자가 서 있었다. 놀랍게도 그 남자는 처음 보는 사람이 아닌 듯했다. 이오는 그 사진을 뚫어지게 봤다. 우두커니 서서 사진만 바라보는 이오를 의아하게 생각한 아리가 이오의 어깨를 가볍게 툭 치며 말했다.

"너 이분과 사랑에 빠진 거 아니지?"

"어……. 아니. 아니."

이오는 말을 더듬었다.

"뭐야. 너 왜 뭔가 감추는 사람처럼 어색해?"

아리의 눈썰미는 그냥 지나치지 않았다.

"내가 뭘……. 박사님. 이분들은 지금도 계속 유전자 연구를 하시나요?"

이오는 아리의 관심을 피하려 화제를 돌렸다.

"그게……."

시종일관 밝게 응대하던 박사님의 목소리가 살짝 무거워졌다.

"그렇진 않아요. 부득이하게 연구를 그만두게 되었지요."

"아. 그렇군요."

이오는 고개를 끄덕였다. 셋은 서재에서 얼마간 시간을 더 보내고 1층으로 내려왔다.

"박사님, 이렇게 귀한 공간을 보여주셔서 다시 한 번 감사드려요."

제이는 인사를 놓치지 않았다.

"저도요. 감사드려요."

아리도 말했다. 그런데 그때 이오가 주머니를 더듬거리며 뭔가를 찾았다.

"앗! 이런! 핸드폰을 책장에 두고 내려왔나봐."

"으이구. 너답지 않게 웬일이냐. 가서 찾아봐."

제이와 아리가 말했다. 진 박사도 다녀오라고 고개를 끄덕였다.

이오는 2층으로 혼자 올라가 서재로 들어갔다. 그런데 핸드폰을 찾지는 않고 장식장 앞으로 가서 사진 속 박사님 옆에 서 있는 남자를 다시 한 번 자세히 관찰했다. 그러고는 주머니에 이미 있던 핸드폰을 꺼내 독특한 문양의 액자와 그 안의 사진을 찍은 다음 재빨리 서재를 나왔다.

"핸드폰이 거기에 있어?"

아리가 계단에서 내려오는 이오를 향해 물었다.

"응. 찾았어."

이오는 핸드폰을 손에 들어 보이며 걸어 내려왔다.

두 사람의 연결고리

‘분명히 같은 사람이야.’

진 박사님 댁에서 즐거운 시간을 보내고 돌아온 이오는 집에 도착하자마자 아버지의 서재로 달려갔다. 서랍을 열어 사진첩을 펼쳤다. 그러고는 마지막 장을 넘겼다. 거기엔 진 박사님의 장식장 사진액자에서 봤던 그 사람이 있었다. 바로 아버지의 친구였다.

‘우연히 버스에서 만난 진 박사님이 아빠 친구분과 아는 사이였다니 이런 인연이 또 있을까?’

이오는 잠시 차분하게 생각한 후 진 박사님에 대한 검색을 시작했다. 먼저 인터넷 포털사이트에서 이력을 확인했다. 진 박사님은 아버지와 같은 대학 출신은 아니었다. 그렇다면 아버지 친구분도 진 박사님의 대학교 후배는 아니었다.

"아빠하고 친구분은 대학교 동창이긴 해도 대학원은 서로 다를 수 있잖아."

이오는 다시 뭔가를 생각하더니 아버지의 책장을 샅샅이 훑어보며 뭔가를 찾기 시작했다. 예전에 아버지가 라면을 먹을 때 냄비 받침대로 이만 한 게 없다고 책장에서 당신의 학위논문집을 꺼내며 껄껄 웃었던 적이 있다. 아버지 책장 한 칸은 주변 지인들에게 받은 학위논문집으로 채워져 있었다.

"있을 텐데……."

눈을 반짝이며 책장을 살펴보던 이오는 한 권의 논문집에서 시선을 멈췄다.

'수학 재능 유전자의 발견.'

이오는 전율을 느꼈다.

"유전자 공학박사. 아마도 이 논문이 아빠 친구분의 것이라면 진 박사님 댁에서 본 사진과 아빠 서재의 사진첩 속 인물은 틀림없이 같은 사람일 거야."

이오는 좀 더 확실하게 하기 위해 아버지께 전화를 걸다가 멈췄다.

"아빠가 서랍을 마음대로 들춰본 걸 언짢아하실 수 있겠구나."

사진을 보며 위로받는 두 분의 특별한 우정 뒤에 아버지가 드러내고 싶지 않은 비밀이 있을 수 있다는 생각도 스쳤다.

"어떻게 확인을 할 수가 있을까?"

이오는 진중히 생각한 후 진 박사님께 문자를 보냈다.

"박사님, 오늘 초대 정말 감사합니다. 집에 잘 도착했어요. 한 가지 궁금한 게 있는데요. 박사님 연구소 후배분 성함을 좀 알 수 있을까요? 제가 아는 분과 너무 닮으셔서요. 그럼 안녕히 주무세요."

이오는 답을 기다렸다.

"딩동!"

문자 수신 알림이 뜨고 거기엔 아버지가 보관하고 있는 유전자 관련 논문집의 연구자 이름과 같은 이름이 쓰여 있었다. 이오는 우연으로 만난 기막힌 인연이라 생각했다.

"역시! 맞았어."

"아빠에겐 깜짝 뉴스가 되겠는걸?"

기자답게 이오는 이 소식이 아버지에겐 특종이 되리라 생각했다. 이오는 형의 일로 힘드실 때 내색하지 않고 조용히 친구의 사진을 들여다보시거나 일 년에 한 번 친구의 기일에 술을 드시고 오는 아버지가 늘 안쓰러웠다. 아버지가 친구에 대한 추억을 함께 나눌 사람이 생겼고 그 사람이 진 박사님이라는 사실이 아주 기뻤다.

"혹시 아빠와 진 박사님은 이미 서로 아는 관계가 아닐까?"

이오는 기쁜 소식에 대한 생각의 꼬리를 계속 이어갔다. 그때 마침 전화가 울렸다. 아버지였다.

'아빠와 텔레파시라도 통한 건가? 어떻게 이렇게 때마침 전화가 오지?'

이오는 깜짝 놀랐다.

"여보세요."

이오가 전화를 조심스럽게 받았다.

"이오야 무슨 일이니? 부재중 전화가 왔던데."

'아! 맞다! 아까 전화 걸다가 말았었지.'

이오는 자신이 이 상황에 너무 몰입한 것 같아 실소가 나왔다. 그리고 지금 막 알아낸 기막힌 우연의 소식을 전했다.

"아! 아빠! 지난번에 말씀드렸는데요. 버스에서 잠깐 도와드렸다가 학교에서 특강으로 다시 만난 박사님 기억하세요?"

"그럼, 기억하지."

"박사님 댁에 놀러 갔었는데 거기에서 아빠 친구분 사진을 봤어요."

"그래?"

아버지가 놀란 듯 말했다.

"제가 혹시나 해서 진 박사님께 그분의 성함을 여쭤봤어요. 그리고 아빠 서재에서 진 박사님의 후배분과 똑같은 이름의 논문집을 발견했어요. 대박이죠?"

이오는 자신의 소식이 아버지께 깜짝 뉴스가 되리라 확신했기에 특종을 전하는 느낌으로 의기양양하게 들떠 있었다.

"아빠도 혹시 진 박사님을 아시나요?"

"글쎄, 얼굴을 뵈면 혹시 알지도 모르겠는데 성함만으로는 잘 모르겠구나."

아버지는 진 박사님은 잘 모른다고 말했다.

"그렇군요. 두 분이 만나시면 친구분에 대해 이야기 나눌 게 많을 것 같아요. 친구분은 아빠와는 각별한 사이잖아요."

이오는 진 박사님이 아버지와 친구분의 이야기를 함께 나누는 좋은 인연이 되었으면 하는 바람을 가졌다.

"그래, 언제 한번 좋은 자리 마련해야겠구나. 일단 오늘은 너무 늦었다. 어서 자고. 혹시 내일 병원에 오니?"

"네. 가야죠. 내일 봬요."

아버지와의 통화를 끝내고 하루를 돌아보며 이오는 세상이 참 넓고도 좁다는 생각을 했다.

"그런데 왜 그분은 유전자 연구를 계속하지 않으신 걸까?"

이오는 아버지 친구의 사연에 관심이 갔다. 그리고 한참 동안 친구분의 사진을 들여다봤다. 그러고 보니 아버지 친구의 사진 속 얼굴에서 누군가가 느껴졌다.

“설마…….”

이오는 사진첩을 앞으로 다시 넘겼다. 형이 마지막 캠프로 떠날 때의 사진과 친구분의 사진을 번갈아 봤다. 기자의 직감이랄까. 형의 성장사진 뒤에 아버지 친구분의 사진을 놓은 이유가 희미하게 떠올랐다.

“아! 내가 왜 그 생각을 미처 못했을까?”

이오는 자신의 직감에 확신을 갖기 시작했다. 그동안의 일들이 맞춰졌다. 아버지와 형이 심하게 의견 충돌한 날 물끄러미 그 사진첩 속 친구분을 바라봤던 장면, 그리고 형의 성장앨범 뒤에 친구분의 사진을 끼워놓은 것, 무엇보다 부인할 수 없는 점은 형이 성장해 갈수록 점점 아버지 친구의 얼굴과 닮아간다는 것이었다.

“혹시 그럼 형이 아빠 친구분의 아들인가? 아빠는 친구분이 돌아가셔서 그 아들을 입양하신 거고?”

너무도 딱 들어맞는 상황이 당황스러웠다. 이오는 어떤 진실이 갑자기 자신을 향해 쿵쿵 다가오는 것을 느꼈다. 가슴도 쿵쾅거렸다. 아버지의 사진첩을 다시 서랍에 넣어두고 자신의 방으로 돌아왔다. 이오는 뭔가 막힐 때 자주 썼던 나름의 정리 방법을 사용하여 형과 관련해 취재한 과정에서 우연히 맞닥뜨린 사실들을 메모지에

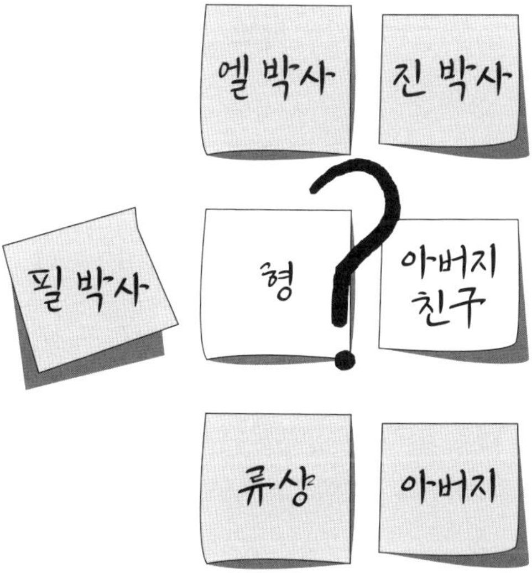

적어 벽에 붙여보았다.

그 메모를 들여다보며 아직은 단언할 수 없는 연결고리를 확인하기 위해 내일은 기자로서 아버지를 찾아가야겠다고 생각했다.

기도

병원에 도착한 이오는 마중 나온 아버지와 진한 포옹을 했다. 먼저 형의 안부를 물은 후 자신이 그동안 어떻게 지냈는지 전했다. 무엇보다 어제 통화로 나눈 이야기가 먼저 화제에 올랐다.

“어떻게 그런 인연이 있을까? 그래서 진 박사님이라는 분이 내 친구와 같은 연구소에서 근무를 하셨다는 거구나?”

아버지는 흥미롭다는 듯 말했다.

“박사학위를 받고 유망한 연구소에 취직한 정도는 알았지만 사실 어떤 연구소에서 일하는지는 나도 잘 몰랐어. 친구라도 직장까지 가보는 경우는 드물거든. 그분과 나중에 한번 자리를 꼭 마련해서 이야기를 나눠봐야겠다.”

아버지는 설레는 표정으로 이오에게 말했다.

"형은 병실에 있어요?"

이오가 물었다.

"아니, 지금은 치료실에 있어. 두 시간 정도 걸리지. 어디 가서 뭐 좀 먹을래?"

이오와 아버지는 병원 로비에 있는 베이커리에 가서 빵과 음료를 주문하고 앉았다. 형이 없는 자리에서 아버지와 진지한 이야기를 할 수 있는 기회가 온 것 같았다. 이오는 원하는 정보를 취재하러 온 기자처럼 아버지께 정중하게 물었다.

"아빠. 저 궁금한 게 있어요."

"뭐든."

아버지는 빵과 음료수를 이오 앞에 놓아주었다.

"형의 아빠는 누구예요?"

이오는 돌리지 않고 바로 물었다.

이오 앞에 빵을 놓아주던 아버지는 잠깐 당황한 모습을 비추더니 차분히 이야기를 시작했다.

"너도 뭔가 느낌이 왔나보구나. 이번 일을 겪으면서 힘들 텐데도 내색하지 않고 나를 더 걱정해주는 모습을 보니 어른이 다 됐더구나. 이젠 내가 편하게 말해줘도 될 것 같다."

아버지는 음료수를 한 모금 마셨다.

"형은 내 친구 아들이었어."

이오의 추측이 사실로 확인되는 순간이었다.

"음. 친구하고 난 어릴 적부터 대학까지 함께했지. 어쩌면 내가 너의 엄마와 보낸 시간보다 내 친구와 보낸 시간이 더 많을지도 몰라."

아버지는 담담히 말을 이어갔다.

"결혼을 해서 가정이 생기고 직장이 바빠 학생 때만큼 자주 만나지는 못해도 통화나 문자는 비교적 자주 하는 사이였어. 그런데 그 친구가 언제부터인지 연락이 안 되더구나. 유망한 연구소에 들어가서 많이 바쁜 거라고 생각했어."

이오는 아버지의 이야기를 집중해서 들었다.

"한동안 연락이 없다가 어느 날 문득 만나줄 수 있냐는 연락이 왔어. 난 너무 반가워서 한달음에 달려갔지. 그런데 그때 만난 내 친구는 그전까지 내가 알던 모습이 아니었어. 초췌하고 어딘가 많이 아파 보였지. 난 직감했어. 뭔가 큰 병에 걸린 거라고 말이야."

"혹시 그래서 연락을 안 하신 건가요? 아픈 걸 알리고 싶지 않아서?"

"꼭 그런 것만은 아니란다. 거기까지는 내 친구의 프라이버시라 지켜주고 싶은데 괜찮겠지?"

아버지는 이오에게 말했다.

"그때 내 친구 옆에는 갓 태어난 아기가 있었어. 아주 어렵게 부탁을 했지. 그 아이를 입양해줄 수 있냐고."

"그 아이가 형인가요?"

"그래. 그때 난 결혼한 지 얼마 안 돼서 아직 아이가 없었는데 입양은 나 혼자만의 문제가 아니라 뭐라 선뜻 대답할 수가 없었어. 그런데 내가 화장실을 다녀온 사이 친구가 아기를 두고 사라졌어. 아기의 입양에 필요한 서류와 신생아 때 사진 몇 장을 남겨두었지. 나중에야 알았지만 그 친구는 얼마 살지 못했어. 곧 죽었다는 소식과 납골당의 위치를 누군가가 알려줬을 뿐이야."

"아……."

이오는 속으로 너무 무책임한 사람이 아닌가 생각했지만 아버지 친구분이라 드러내고 말할 수는 없었다.

"그 일로 너의 엄마가 고생이 많았어. 그런 점에선 난 너의 엄마에게 평생 죄인이야."

아버지는 고개를 숙였다.

"형의 어머니는요?"

"그게 나도 미스터리야. 친구라도 연애사까지 모두 알 수는 없어. 내 친구가 그렇게 무책임한 사람은 아닌데 어쩌다가 그렇게 아이를 낳고 몰래 입양을 보내야 했는지 끝까지 알 수 없었단다. 그 친구는 그 일을 끝까지 말하지 않았거든."

아버지가 얼마나 당혹스러웠을지 이오는 감히 상상도 가지 않았다.

"나도 여러모로 수소문해봤지만 허사였어. 겨우겨우 연구소에서 내 친구와 같이 근무했다는 사람의 연락처를 알아내긴 했지만 그 연구소에서 연구 자격마저 박탈되었다는 소식만 들었지."

"연구 자격 박탈이요?"

"그래. 그 이유에 대해서는 함구하더라고. 그렇게 너의 형과 만났어. 이젠 누가 뭐래도 나의 아들이지. 입양을 결정한 후로 한 번도 내 자식이 아니라고 생각해본 적은 없어."

아버지는 진심을 담아 말했다.

"그건 저도 그래요. 아빠. 정말 존경합니다."

"글쎄. 나보다 너의 엄마가 더 존경스럽지. 남의 자식을 그렇게 키워주고. 결국 자기 자식은 한 번 안아보지 못하고 세상을 떠났으니……."

아버지는 더 이상 말을 잇지 못했다.

"아빠, 진 박사님과 만나면 아빠가 알지 못하는 시간에 대해서 알 수 있게 될 것 같아요."

"그래, 나도 그 점에서 매우 반가웠어. 내가 모르는 친구의 이야기를 들을 수 있었으면 좋겠어. 내 아들의 선행으로 내가 오랫동안 가져온 궁금증이 풀릴지도 모르겠구나!"

아버지는 이오를 따듯하게 바라보았다.

"그런데 도대체 넌 언제 이렇게 큰 거냐?"

아버지는 이오를 쓰다듬으며 말했다.

"전 아빠가 형 일로 힘들 때마다 왜 친구분의 사진을 보는지 의아했었거든요. 이제 알 것 같아요."

"내가 친구 사진을 보는 걸 봤었구나! 조금 부끄럽네."

아버지는 약한 모습을 자식에게 들킨 것이 부끄러운 듯 어색하게 웃었다.

"카이 일로 힘들 때마다 그 친구의 사진을 보면서 결코 내 아들이 아니라고 생각해서 소홀히 키운 적 없다고 말했어. 나도 아버지가 되어보니 내 친구가 카이를 얼마나 그리워하고 보고 싶어했을지 알겠더구나. 그래서 일 년에 한 번 납골당에 가서 카이가 어떻게 자라고 있는지 말해주고 왔단다."

이오는 아버지와 친구분의 숨겨진 사연은 바로 형의 존재였음을 결국 알게 되었다.

"형이 얼른 나아야 내년에 납골당에 가서 기쁜 소식을 전해줄 텐데. 내가 사랑하는 두 사람이 모두 불행해지는 일이 없도록 해달라고 매일 기도하고 있단다."

"저도 열심히 기도할게요."

이오는 아버지의 손을 잡았다.

"이제 가볼까? 형이 병실에 올 시간이 되었네."

아버지와 이오는 베이커리에서 나와 병실로 향했다. 때마침 간호사들이 형을 병실로 데려오고 있었다.

"동생 왔네요."

간호사들이 이오를 반갑게 맞아주었다.

"형은 지금 잠이 들었어요. 치료가 힘들었나 봐요. 한 시간쯤 자고 일어날 것 같네요."

병실의 자리를 정리한 후 간호사가 나갔다.

형은 여전했다. 지난번보다 더 평온해 보였다. 이오는 자는 형의 모습을 바라봤다. 그러고 보니 짙은 눈썹은 아버지 친구분과 거의 판박이였다.

"형. 형은 처음부터 내 진짜 형이었어. 어서 일어나. 다음에 또 올게."

이오는 형을 보고 기도했다. 형이 깨어 있는 모습을 보지 못하고 이오는 집으로 돌아왔다. 이오는 탐구보고서를 위해 아리, 제이와 역할을 나눴던 자료를 조사하며 주말을 마무리했다.

토론

새로운 한 주가 다시 시작되었고 아리, 이오, 제이는 탐구보고서 계획서 준비를 하기 위해 방과 후에 만났다.

"가만 보니 크리스마스가 얼마 안 남았더라."

아리가 먼저 말문을 열었다.

"그러게 크리스마스 지나면 바로 방학이잖아."

아리가 말했다.

"그렇지."

제이가 답했다.

"탐구보고서는 방학이 끝난 후에 제출하도록 되어 있는데 벌써부터 이렇게 남아서 하는 거야?"

아리가 투덜대며 물었다.

“그럼! 요즘은 방학이 더 바쁜 거 몰라? 시험 끝나고 방학하기 전 사이가 한가하니 그 시간을 활용하는 것뿐이야. 무엇보다 계획서 제출은 당장 낼모레고.”

아리의 투정을 제이가 단칼에 잘랐다.

“조사해 오라는 건 다 된 거고?”

제이가 아리에게 물었다.

“그래. 염려 마셔. 내가 이번엔 절대 무임승차 안 한다.”

아리는 확고한 의지를 보였다.

“그런 의미로 내가 두 엘리트에게 질문을 해볼게. 유전자는 부모에서 자식으로 물려지는 특징을 만들어내는 정보의 단위인데 한 사람에겐 보통 유전자가 몇 개 정도 있을까?”

아리가 자신이 조사해온 자료를 보고 물었다.

“약 6만~8만 개의 유전자를 갖고 있고 그 유전자의 총체를 게놈이라고 하지.”

제이가 쏜살같이 답했다.

“재미없긴. 좀 틀려야 재미도 있지. 피자집에서 제이가 게놈을 처음 말했을 땐 나는 욕인 줄 알았었잖아. 역시 사람은 배워야 해.”

아리가 그때를 생각하며 웃음 지었다.

“게놈은 사람의 모든 유전자정보를 가진 책 또는 유전자 지도로 비유하곤 하지. 지도라 비유하는 것은 어디에 무엇이 있는지 위치를 알 수 있다는 말이야."

이오도 둘의 대화에 끼어들었다.

"유전자가 너무 많아서 각각의 역할을 찾아내는 것은 물론 유전자가 어디에 위치해 있는지 알아내는 것은 과학자들의 오래된 프로젝트였어. 엄청 많은 시간이 걸려왔지만 그럼에도 과학자들의 노력으로 점점 인간의 유전자 지도를 완성해가고 있어. 대부분의 유전자는 사람이 갖고 있는 23쌍의 염색체 안에 들어 있는데 각 염색체에 위치하는 유전자가 주로 어떤 역할을 담당하는지를 알 수 있게 된 거야. 만약에 사람이 갖고 있는 23쌍의 염색체에 번호를 매긴다고 가정해보면 9번 염색체에는 혈액형을 결정하는 유전자, 10번 염색체에는 스트레스와 관련된 유전자, 19번 염색체에는 알츠하이머와 관련된 유전자 등이 있다는 식으로 말이야."

"알츠하이머에 걸릴 유전자를 갖고 있는지 아닌지 검사하고 싶으면 19번 염색체를 조사해보면 된다는 거구나."

아리는 이오가 설명한 것을 자신이 바로 이해했는지 다시 확인했다.

"그럼 진 박사님은 어떤 연구를 하신 거야?"

아리가 물었다.

"유전자가 하는 역할과 위치를 알아낸 다음에 자연히 든 생각이 뭐였겠어. 인간에게 불리한 유전자를 찾아 없애거나 약하게 하고 싶다는 게 아니겠어? 아니면 반대로 좋은 유전자는 더 강하게 만들 수는 없을까 생각했겠지. 그러기 위해서는 없애고 싶은 유전자를 찾아 잘라내야 하는 기술이 필요한데 그때 사용하는 약을 개발하신 거지."

이오는 최대한 아리가 이해하기 쉽게 설명했다.

"그러니까 에이즈 바이러스와 관련된 유전자를 싹둑 잘라내거나 면역기능을 약화시키는 유전자를 싹둑 잘라내는 약을 개발하신 거라고?"

아리가 자신이 이해한 것을 다시 물었다.

"맞아. 그래서 내가 박사님께 초대받은 날 그렇게 흥분했던 거야. 처음엔 그 방법을 과연 일반화시킬 수 있는지 염려가 많아 제한적으로 진행되었지만 지금은 거의 일반화되었지. 그 약의 로열티가 얼마인 줄 상상이나 가니? 그게 다 어마어마한 돈이라고."

제이가 두 손으로 돈을 세는 동작을 하며 말했다.

"유전자는 많으니 특정 유전자를 잘라낼 수 있는 약물을 개발하는 데 서로 경쟁이 시작된 거지, 그때부터. 그 약을 유전자 편집 도구라고 하는데 각 나라마다 특정 유전자를 제거하는 데 필요한 약을 서로 많이 개발하려고 노력하고 있는 거야."

이오도 조사해온 자료를 보며 말했다.

"뭐니 뭐니 해도 사람들에게 가장 관심이 있는 건 지난번 아리가 박사님께 여쭤봤던 문제가 아닐까? 유전자를 편집해서 운동을 더 잘하게 하거나 공부를 더 잘하게 할 수 있는지 말이야."

제이가 말했다.

"맞아. 난 그게 관심이 갔었어. 뭐 조사한 게 있어?"

"내가 조사해보니까 말이야. 그런 호기심에 대해 과학자들은 상당히 규제를 해왔었어. 기술상으로 이미 가능했지만 사람의 생식세포에 대한 유전자 교정을 허용하지 않았던 거지. 그럼에도 불구하고 2018년도에 어떤 박사가 이런 규제를 지키지 않고 수정란을 편집한 아기들을 탄생시켰어. 물론 명목은 재능이 아니라 건강이었어. 에이즈에 걸리지 않도록 DNA를 바꾼 쌍둥이를 탄생시켰거든. 그 박사는 물론 학계에서 퇴출되었어."

제이는 자신이 조사한 기사를 보여주며 열을 내서 설명했다.

"그럼 박사님의 말씀대로 유전자 편집으로 태어난 아기는 아직 없는 거네."

아리가 김이 샌 듯한 표정으로 말했다.

"아냐. 끝까지 들어봐. 퇴출된 그 사람들은 그나마 솔직하게 학계에 보고를 했던 거고 당시에 비밀리에 유전자 편집이 이루어졌을 거라는 소문이 있었대. 실제로 민간기업에서 그 기술을 적용시켰는지 알 길은 없는 거야. 하지만 원하는 아기를 만들어낼 수 있는 기술을 갖고 있는데 단지 규제를 한다고 모두 지켰을까? 난 거기엔 회의적이야. 그런 불안감이 있었는지 그 일이 있은 후 2019년도엔 유전자 편집기술에 대해서 세계 석학들이 모여 좀 더 강한 규제 성명안을 제시했더라고. 유전자 교정, 인간 수정란 임상을 중단해야 한다는 거지. 물론 그 당시에도 영구적인 중단을 요구하는 것은 아니었어. 유전자 교정에 대한 안전성이 충분히 확보되기 전까지 최소 5년간 정자와 난자, 수정란 등 사람의 생식세포를 대상으로 한 임상시험을 중단해야 한다며 유전자 교정기술을 규제하고 감독할 수 있는 국제 관리 체제도 구축하자고 주장한 거야. 하지만 그 성명도 모두 참여한 건 아니었어. 규제를 만드는 건 좋지만 연구 자체를 막는 것은 관련 기술발전을 저해하는 것이라고 생각한 석학도 있었지. 그러니 주변 사람들에게 드러나면 박탈당하는 거고 아니면 그 실험을 진행했었을 수도 있다는 거지."

제이는 아주 조심스럽게 이야기를 했다.

"와! 대박! 만약 몰래 실험이 이뤄져서 아이가 태어났다면 지금은 우리와 비슷한 또래겠는걸?"

아리가 말했다.

“하지만 어쩌면 있었을지 모르는 그 실험이 성공했다 하더라고 유전자 편집으로 원하는 아기를 만든다니……. 내 입장은 반대야. 돈과 내 아이만큼은 일류로 키우고 싶다는 부모의 이기심이 결합하면 어떤 세상이 올지 생각만 해도 끔찍하거든. 지금도 얼마나 헬리콥터 부모가 많은데, 아직 태어나지도 않은 아기를 바라는 대로 디자인하고 있을 거야. 태어나기도 전부터 불공평한 세상이 온다는 건 너무하잖아.”

아리의 목소리가 커졌다.

“하지만 좀 더 나은 사람을 만들 수 있다는 것이 보장된다면 무조건 막을 일도 아닐 것 같은데……. 원래 인류는 더 나은 사람으로 진화하는 거 아닌가? 자연적인 진화에 비해 속도가 조금 더 빨라질 뿐인 거고.”

제이의 의견은 달랐다.

“사람이 넘어서는 안 되는 선을 알고 제어할 수 있을까? 역사를 봐. 돈과 학자의 비양심이 결합하지 않은 순간은 없었어. 드러나지 않았지만 규제된 그 시절에 수정되어 태어난 존재들이 어딘가에 있을지도 모른다며? 게다가 자신들의 연구 성과를 돈을 벌 목적으로 준비하고 있는 사람들은 충분히 있을 수 있다고 생각해. 애초에 그런 선을 만들지 말아야 해."

아리는 완강했다.

"네가 그렇게 부모가 선택한 유전자로 태어났다고 생각해봐. 그럼 그게 인형이지 사람이야?"

아리가 말했다.

"하지만 유전적으로 불치의 병을 갖고 태어날 확률이 높은 경우엔 매우 필요하다고 생각해."

제이도 물러서지 않았다.

"꼭 그렇게만 생각하지 마. 잘 될 경우도 있지만 엉뚱한 결과가 나올 경우도 있잖아. 최초로 인간 수정란을 편집한 연구도 처음엔 암세포를 막기 위한 편집이었지만 그들이 삭제한 유전자엔 다른 병을 예방하는 기능을 하는 것도 있어서 암이 아니라 다른 병으로 죽을 가능성을 더 높여놓은 결과가 되었다고 하잖아. 자기 선택이 아니라 남에 의해 만들어진 인생에 대해 책임을 지며 살아가야 한다는 건 말도 안 돼."

아리가 다시 반박했다.

"그래도 부모는 다르지 않을까? 부모는 자식 나쁘게 되라고 하진 않을 거 아냐."

제이가 다시 말했다.

“아, 글쎄! 누군가의 인생의 좋고 나쁨을 왜 그 당사자는 빼놓은 상태에서 정하냐고. 그 자체가 말이 안 된다는 거지, 나는.”

아리도 감정이 격해졌다.

“자자, 흥분하지 마, 다들. 어떤 쪽이든 쉽게 결정 날 문제는 아니야.”

이오는 제이와 아리의 팽팽한 의견을 중재했다.

“결국 좋은 기술이지만 어떻게 사용되느냐에 따라 정말 큰 혼란을 불러올 수 있는 게 맞아. 훌륭한 기술인 동시에 악용되면 끔찍할 수 있어. 그래서 과학자들에겐 연구윤리라는 것이 있는 거겠지. 똑똑한 천재가 윤리성이 제어되지 않아 불행을 야기한 나쁜 과학자들의 사례는 역사에서도 많았잖아. 변화가 일어나면 원래대로 되돌리기 어렵고 나중 세대에 끼칠 영향이 크기 때문에 안전성, 유효성, 사회적 합의를 모두 고려해야 할 거야. 그러니 탐구보고서 계획서에도 찬성과 반대, 그리고 지금 현재 우리 사회가 합의한 것을 정리해서 작성하자. 이런 문제는 과학자뿐 아니라 사회 구성원 모두가 함께 생각해봐야 하는 문제니까 우리 친구들도 관심을 가져야 한다는 메시지로 우리가 선택한 주제의 의의를 마무리하면 되겠어.”

이오는 두 사람의 의견을 담아 탐구보고서 계획서를 어떻게 작성할지 제안했다.

"좋아. 처음 모임치고 진도가 제법 빠른데? 새로운 멤버 덕에 수준도 더욱 높아진 것 같고. 아리도 작년처럼 무임승차를 안 하고 열심히 참여해서 좋아. 역시 진 박사님의 연구윤리 강의가 효과가 있었나봐. 암튼 이번에 유전자 편집에 대해 조사를 하다 보니 역시 박사님이 근무하던 연구소가 업적이 가장 화려하더라고. 선두주자답게! 그런데 거기에 근무했던 분들이 모두 행복한 결론을 맺었던 건 아니었던 거 같아."

"그건 또 무슨 소리야?"

아리는 제이의 조사 뒷이야기에 관심을 보였다.

"연구소와 관련된 기사를 조사해봤는데 처음에 연구를 같이했던 연구원들이 끝까지 연구를 마친 건 아니더라고. 지난번 박사님 댁에 갔을 때 장식장 사진에서 봤던 그분도 도중에 그만둔 분 중의 한 명이고."

제이가 말했다.

"그게 뭐? 연구하다 보면 힘들 수도 있어서 그만두었겠지."

아리는 대수롭지 않게 반응했다. 이오는 아버지 친구분의 말이 갑자기 나와 집중해서 듣기만 했다.

"물론 그럴 수도 있지만. 이 연구소는 들어오기 힘들뿐더러 나라면 어떻게라도 악착같이 참여해서 내 이름 한 줄 넣었을 거야. 그 연구 참여의 결과로 얻게 되는 명예와 부가 어디 적어야 말이지. 그런데 그렇지 못한 건 뭔가 피치 못할 사정이 생긴 게 분명한데 내 직감으로는 그 사람들이 혹시 연구윤리를 어긴 게 아닐까? 조심히 점쳐진단 말이야. 너희들도 알다시피 진 박사님은 연구윤리를 중요시하잖아. 외부로 드러나진 않았지만 이 연구소에서도 혹시 일어나지 말았어야 할 일이 일어났던 게 아닐까?"

제이는 이오나 아리가 예상하지 못한 방향의 이야기를 했다.

"엥? 유전자 연구를 조사해오라고 했더니 보고서와 상관없는 음모론을 만들고 있냐?"

아리가 제이에게 한마디했다.

"아냐. 이게 왜 우리 보고서랑 상관이 없어. 만약 그런 실험이 진행된 거라면 우리 보고서와 더 관련이 있지. 과연 사람의 재능을 유리하게 편집한 아이가 태어났다면 어떻게 되었을지 궁금하지 않아? 과연 성공은 했을까? 그리고 원하는 대로 행복은 할까? 이건 우리 보고서의 가장 핵심적인 내용이기도 하다고."

제이는 자신의 생각을 강하게 주장했다.

"하지만 그건 너무 나간 추측이고 그걸 알아내는 건 우리 선을 훨씬 넘는 거야. 우린 학생이지 탐정이 아니야. 너무 오버하지 마. 상상력이 지나쳤어."

아리는 제이의 추측을 하나의 해프닝으로 생각했다. 이오는 아버지 친구분이 연구 자격이 박탈되었다는 사실을 알고 있었기에 제이의 추측에 마음이 쓰였지만 내색하지는 않고 계획서를 정리했다. 두 사람 모두 특별한 반응을 보이지 않자 제이도 더 이상 말하지 않았다.

"얘들아. 오늘 각자 조사해온 내용은 내 이메일로 보내줘. 그럼 내가 아까 말한 대로 탐구보고서의 대략적 방향을 정리한 후 다시 메일로 보낼게."

"그래. 계획서 제출이 낼모레니 오늘 것까지는 정리해두는 게 좋겠네."

"부지런히 정리해볼게."

제이의 말에 이오가 답했다.

"우리 좀 멋있는 것 같아."

아리가 말했다.

"그럼 멋있는 사람들끼리 헤어지기 전에 뭐 좀 먹고 갈까?"

제이가 제안했다.

"좋지."

이오, 아리, 제이는 탐구보고서를 위한 첫 모임을 끝내고 피자집으로 향했다.

협박 메일

첫 번째 탐구보고서 모임을 마치고 집으로 돌아온 이오는 탐구보고서 계획서를 작성하기 위해 컴퓨터 앞에 앉았다. 아리와 제이가 각자 수집한 자료를 이메일로 보내주기로 해서 정리하는 데 큰 어려움은 없으리라 생각했다.

"먼저 유전자 편집기술의 과거와 현재를 제시하고 유전자 편집기술을 이용한 맞춤형 아기 탄생에 대한 주제로 찬성과 반대 입장을 나타내고……."

이오는 친구들과 이야기한 것을 바탕으로 대략적인 목차를 구성했다.

"이제 각 목차에 아리와 제이가 보내준 자료를 넣으면 되겠네."

이오는 수신된 제이의 메일을 열었다. 제이는 수집한 자료의 양에서도 이 탐구보고서에 대한 열정이 보였다. 모임 때 발표한 내용은 물론 미처 발표하지 않았던 내용도 방대했다.

"용량이 엄청 크네."

제이의 파일을 열어 편집 작업을 했다. 용량이 큰 사진자료가 많아서 그런지 이오의 컴퓨터 작업속도가 느려졌다.

"이 속도로는 오늘 다 못하겠는걸."

이오는 느린 작업속도가 답답해 마우스를 빠르게 움직였다. 이오의 작업속도를 컴퓨터가 따라오지 못하더니 급기야 화면이 완전히 멈췄다.

"왜 이래."

당황한 이오는 마우스를 잠시 놓았다. 하지만 컴퓨터는 여전히 멈춰 있었다.

"지금까지 한 작업, 저장도 안 했는데."

이오는 자신의 노력이 허사로 돌아가게 되자 속이 쓰렸다. 강제종료를 하고 컴퓨터를 다시 켰다.

"설마 컴퓨터에 이상이 생긴 건 아니겠지?"

컴퓨터를 다시 시작하는 동안 조마조마했다. 하지만 이런 예감은 틀린 적이 없었다. 컴퓨터는 켜지지 않았다.

"아아. 왜 이래. 왜 이래."

이오는 전원버튼을 꾹 눌러보고 컴퓨터를 이리저리 손써보았지만 컴퓨터는 묵묵부답이었다.

“아! 어떡해…….”

편집한 자료가 날아간 것도 그렇지만 일단 내일모레까지인 계획서 제출일을 지키지 못할까봐 걱정이 되었다.

“안 되는데……. 이제라도 다른 아이들보고 하라고 해야 하나?”

이오는 이 뜻밖의 일을 해결하기 위해 잠시 생각을 했다.

“일단 형의 노트북을 좀 쓰자.”

형의 방으로 갔다. 형에게 허락을 받지 않는 건 미안하지만 나중에 형이 알아도 이해해주리라 생각했다. 형의 노트북은 이오의 컴퓨터보다 기종이 더 좋아서 부팅속도가 빨랐다.

“우와. 좋다.”

자신의 컴퓨터와 작업속도가 크게 차이 났다.

이오는 아리와 제이의 자료를 다시 다운받기 위해 자신의 메일계정 사이트로 이동했다. 거기엔 형의 아이디가 저장되어 있었다.

“형도 여기 메일을 쓰네?”

자신의 아이디를 쓰려고 형의 아이디가 적혀 있는 칸으로 커서를 옮기려다 커서가 비밀번호 입력칸에 잘못 놓였다. 그 순간 저장된 형의 비밀번호가 자동 생성되어 찍혔다.

‘어! 형은 비밀번호를 자동저장 해두었구나!’

형만 사용하는 개인 노트북이니 충분히 그럴 만도 하다고 생각했다. 이오는 자신도 모르게 그만 형의 메일에 로그인을 하게 되었다.

“아이쿠. 이런.”

이오는 남의 메일을 보는 것은 옳지 않은 일이라 생각되어 바로 로그아웃을 하려는 찰나 형의 메일 리스트의 제목이 눈에 들어왔다.

“이게 뭐지?”

메일 리스트엔 형을 협박하는 듯한 제목들이 있었다.

“더러운 놈?”

메일이 수신된 날짜를 보니 형이 사고로 의식을 잃은 후에 온 메일이었다.

“설마.”

이오는 불현듯 이 협박성 메일들과 형의 일이 어떤 식으로든 관련이 있을 거란 확신이 들었다.

“아! 내가 왜 그동안 형의 메일을 확인할 생각을 못 했지?”

이오는 협박성 제목의 메일을 하나씩 열기 시작했다.

“너 같은 더러운 놈의 사생활 문제 때문에 《MATHTABULA》 편집장 류샹님이 곤란해하는 걸 더 이상은 볼 수 없어. 넌 그냥 죽어.”

"이게 뭐야? 도대체?"

이오는 손이 벌벌 떨렸다. 발신자의 아이디를 확인했다. 모두 TAGA라는 한 사람에게 온 것이었다. 이오는 형의 캠프 일정이 적힌 달력과 메일이 온 날짜를 대조해보면서 발신자가 TAGA라고 쓰인 메일을 모두 찾아 차례차례 열기 시작했다. 올림피아드 대표 마지막 캠프의 첫 번째 날짜에 온 메일을 열었다.

"넌 어제도 그 여자와 같이 있더군. 아니라고 하지 마. 내가 직접 봤으니까. 라온 스트리트 5번가 39번지 이층집."

이오는 그 주소를 바로 검색해봤다. 그곳은 마지막 캠프가 열린 대학교에서 얼마 떨어져 있지 않은 곳의 주택가였다.

"이건 무슨 모함이야. 캠프 전날 형은 우리 집에 있었는데……. 이 사람은 도대체 뭐지?"

유명인들이 사생팬으로 인해 곤란을 겪는다는 것은 알았지만 어쩌면 형도 그런 상황을 겪고 있던 것은 아닐까란 생각이 들었다. 그렇다면 이것은 이오가 전혀 예상치 못한 방향이었다.

다음은 캠프를 들어가기 직전에 온 메일들을 열었다.

"왜 그만두지 않는 거지? 혼자 순수한 척은 다 하더니. 더러운 천재. 마지막 캠프 때도 내가 널 두고 볼 거야. 어디 한번 날 찾아보지 그래."

보기만 해도 머리카락이 쭈뼛 서는 불쾌한 메일들이었다. 더구나 형이 마지막 캠프에 온 첫날 누군가를 찾는 것같이 두리번거리며 부산했다는 류샹 코치의 말이 떠오르면서 이 메일이 형에게 영향을 주었을 거라는 확신이 더 강하게 들었다.

계속해서 이전에 온 메일들을 차례차례 열었다.

"결국 너 때문에 내가 대표팀에서 떨어진 거군. 너의 재능보단 내가 더 나은데도 넌 엘 박사와의 인맥으로 합격한 거야. 썩은 수학계."

"너와 그녀의 관계에 관한 소문을 들었어. 난 너와 그녀가 무슨 관계인지 알았어. 그렇고 그런 사이. 부끄러운 줄 알아."

형이 도대체 무슨 일로 이런 기분 나쁜 협박성 메일을 받아야 했는지 이오는 몸이 떨렸다.

"도대체 누구야!"

이오는 내일모레까지 계획서를 작성해야 한다는 것은 안중에 없었다. 형의 메일 발신자의 단서를 찾는 데 혈안이 되었다. 메일을 열어서 몇 번을 읽었다. 읽을 때마다 화가 치밀어 올랐다.

"잡기만 하면 가만두지 않을 테다."

싸움엔 약하고 남에게 싫은 소리 한 번 듣지 않았던 형이 이 메일들을 보고 어떤 충격을 받았을지 짐작이 갔다. 이오는 메일의 아이디를 유일한 흔적으로 폭풍검색을 하였다. 하지만 마땅한 정보를 찾을 수 없었다.

“형을 싫어하는 사람. 반면 류샹 코치를 아끼는 사람.”

아버지에게 말씀드려 경찰에 당장 신고라도 하고 싶었지만, 이오는 곰곰이 생각하다 어딘가에 전화를 걸었다. 하지만 상대방은 전화를 받지 않았다.

이오는 형의 메일을 로그아웃한 뒤 자신의 메일계정으로 접속하여 메일을 보냈다.

“안녕하세요. 저 이오예요. 이 메일을 보시면 바로 저에게 연락 좀 주세요. 형과 관련하여 긴히 드릴 말씀이 있어요.”

이오가 메일을 보낸 곳은 바로 류샹 코치였다. 이오는 다른 일을 하지 못한 채 류샹 코치의 연락을 기다렸다.

“전화는 늦게 받아도 메일은 자주 확인해요.”

엘 박사님의 말대로 얼마 지나지 않아 류샹에게 전화가 왔다.

“저예요.”

“응. 이오군. 상의할 일이 뭔데?”

“혹시 TAGA란 아이디를 쓰는 사람 아세요?”

이오는 전후 사정도 없이 TAGA라는 아이디에 대해서 물었다.

“TAGA? 네가 그 사람을 어떻게 알아?”

"아세요? 그 사람 누구예요? 지금 어디 있어요?"

영문을 모르는 류샹 코치는 다짜고짜 크게 소리치는 이오의 통화에 당황했다.

"어허. 왜 이래. 무슨 일이야."

"그 사람이 우리 형에게 협박 메일을 보냈다고요. 그 메일 때문에 우리 형이 모함으로 괴로워서 죽으려고 한 게 분명해요."

메일 때문에 형이 극단적인 선택을 한 거라고 단정한 이오의 분노와 흥분은 절정에 달했다. 류샹 코치는 학생들을 많이 다룬 선생님답게 이오를 차분하게 달래기 시작했다.

"이오군. 이렇게 흥분하는 건 문제를 해결하는 데 도움이 되지 않아. 좀 더 차분하게 이야기해줄 수 있겠어? TAGA가 카이를 협박했다는 게 뭐지?"

"제가 우연히 형의 이메일을 보게 되었는데 거기에 TAGA라는 발신자에게 온 메일이 있었어요."

이오는 메일의 내용을 찍어 전송했다. 류샹 코치는 통화 중 잠깐 전송된 문자를 확인해보고 말했다.

"그래, 이상하긴 하네."

메일을 확인한 류샹 코치가 말했다.

"고작 그런 반응이세요? 아주 모멸감을 줬다고요."

"그런데 이것만 가지고 단정할 수는 없을 것 같아. 여러 변수를 같이 생각해봐야 해. TAGA라는 아이디를 쓴다는 것만으로 내가 아는 그 사람이라는 보장도 없잖아."

류샹 코치는 침착했다.

"다 필요 없어요. 분명히 코치님이 아는 그 사람이 맞아요. TAGA라는 사람에 대해서 말해주세요. 아니 연락처를 주세요. 당장 경찰에 신고해버릴 거야."

이오는 예의 없게 말했다. 하지만 류샹 코치는 화를 내지 않고 차분히 응대했다.

"내가 아는 TAGA는《MATHTABULA》회원이야. 그중에서도 VIP. 지난번 이오군이 우리 사무실에 왔을 때 기억나? 자원봉사하러 왔던 청년……."

이오는 기억의 테이프를 빠르게 돌렸다. 자신이 류샹 코치 사무실을 방문했을 때 있었던 두 사람, 그중에서 자신과 대화를 나눴던 인턴을 제외하면 옆에서 묵묵히 자원봉사를 하다가 떠났던, 하얀색 셔츠를 깔끔하게 입었던 바로 그 사람이었다.

"그때 그 흰색 셔츠 입은 사람이요?"

형을 협박했던 사람 옆에서 형에 대한 이야기를 했다는 사실에 소름이 끼쳤다.

"맞아. 그 사람. 내가 이렇게 그 사람의 존재를 당당히 말할 수 있는 건 TAGA는 그럴 사람이 아니기 때문이야. 얼마나 예의 바른 청년인데. 그게 TAGA가 보낸 거란 확증도 없고. 혹시나 모함일 수도 있잖아."

"발신자가 명확한데 무슨 확증을 말씀하시는 거예요?"

이오는 소리를 버럭 질렀다.

"이오. 지금 이 상황에서 내가 무슨 말을 하든 잘 받아들여지지 않겠지만 그 메일의 내용은 지난번에도 말했지만 이미 나에게도 여러 번 온 내용들이야. 《MATHTABULA》 회원들은 올림피아드 대표팀 카이의 자살 시도가 있고 나서 내가 무척 힘들어한다는 사실을 누구보다 잘 알았어. 나를 위로한다며 자신들이 알고 있는 카이에 대한 이야기를 전해주기 시작했지. 카이가 개인적인 일로 그런 선택을 한 것이니 너무 죄책감을 갖지 말라고 하면서 말이야. 회원들은 내가 몰랐던 카이의 사생활에 대해 많은 제보를 해주었어. 물론 사실 여부를 내가 카이에게 직접 확인한 건 아니지만……. 지난번 보여준 사진만 해도 그래. 제보된 사진으로도 그들이 그렇게 믿는 건 당연했지. 설령 내가 아는 TAGA가 보냈다면 그건 《MATHTABULA》 회원들의 의견을 전한 것에 불과할 거야. 형에 대한 기대가 높았던 만큼 더 바른 몸가짐을 강하게 요구하는 사람들도 있고 또 그 재능을 질투해서 그러는 사람도 있고……."

"코치님 말씀 이상하게 하시네요? 그래서 그 불쾌한 메일을 보낸 것이 정당하다는 말씀이세요?"

"그런 뜻이 아니라 아직 확인할 게 더 많다는 얘기야. 내 생각엔 그 말이 사실이 아니었다면 오히려 카이는 신경 쓰지 않았을 거야. 내가 아는 카이는 자신이 하지 않은 행동에 대해 사람들이 이러쿵저러쿵 만들어내는 가짜 소문에 흔들릴 아이가 아니야. 그런 쓸데없는 일에 신경 쓸 바엔 수학연구를 더 한다고 생각할 성격이라고. 그건 내가 확신해."

"결국 코치님도 형이 엘 박사님과 그렇고 그런 사이라는 걸 의심하는 거죠? 그렇다면 형도 어느 정도 책임이 있다는 말씀이시고요. 이제 알았어요. 정말 어이가 없네요. 더 통화하고 싶지 않아요."

이오는 전화를 끊었다. 류샹 코치에게 괜히 화가 났다. 전화를 끊고도 흥분은 쉽게 가라앉지 않았다. 자신이 동경하고 좋아했던 《MATHTABULA》 잡지마저 보기 싫어졌다.

"모함이라는 걸 내가 밝히겠어. 두고 봐."

이오는 형의 불명예스러운 스캔들을 바로잡기 위해서라도 형에 대한 기사를 좀 더 서둘러야겠다고 생각했다. 어쩔 수 없이 모레까지 제출할 계획서는 제이에게 마무리 작업을 부탁했다. 제이는 선뜻 이오의 부탁을 들어주었다.

이오는 자신이 가장 확실하게 말할 수 있는 캠프 전날의 알리바이를 증명해서 그 모든 추측이 거짓임을 밝혀야겠다고 다짐했다. 이오는 다시 형의 메일로 로그인했다. 그러고는 캠프 첫날 온 메일을 찾아 거기에 있는 주소를 적었다.

"일단 이곳을 가봐야겠어. 두고 보자."

수학 유전자

"저기군. 이층집."

라온 스트리트 5번가 39번지. 이오는 메일에서 본 주소를 찾아왔다. 형이 엘 박사님과 함께 머물렀다고 의심받는 곳이었다. 그곳은 올림피아드의 마지막 캠프가 열렸던 대학에서 멀지 않았다. 그러고 보니 엘 박사님 댁도 대학에서 멀지 않은 곳에 있다고 한 것이 기억났다. 이오는 먼저 집 주변을 탐색했다. 그 집에서 걷기 시작해서 얼마 멀지 않은 곳에 정육면체 조형물이 있는 공원이 있었다. 지난번 류샹 코치가 보여준 사진 속의 장소였다. 이오는 공원에서 다시 이층집이 있는 곳으로 걸어왔다. 조금 많이 걸었더니 배도 출출했다. "주인이 직접 내린 커피와 빵이 맛있는 집"이라 쓰여 있는 근처 자그마한 카페로 들어갔다. 얼마 남지 않는 크리스마스를 기다리는 듯 카페엔 캐롤송이 흘렀다. 주문을 한 후 기다리는 동안 가게 안을 구경했다. 카운터에는 사람의 이름과 이용횟수에 따라 도장이 찍힌 종이들이 걸려 있었다. 동네 사람들이 자신의 이름을 걸어놓고 책을 보거나 혼자 차를 마시고 싶을 때 자주 이용하는 듯했다. 주문한 빵과 음료를 받은 이오는 카페의 2층으로 올라가 이층집이 잘 보이는 창가에 앉았다. 캠프 전날까지도 집에서 형과 같이 있었던 이오였다.

'형과 엘 박사님이 함께 캠프 전날에도 같이 있었다는 황당한 소문은 누가 만들어낸 걸까?'

이오는 생각하면 할수록 어이가 없었다. 빵을 먹으며 그 집을 쳐다봤다. 아무도 드나드는 사람은 없었다. 유리창에도 모두 커튼이 쳐져 있어 사람이 있는지 알 수 없었다.

"도대체 내가 여기서 뭘 하는 거야."

낯선 곳에 앉아 남의 집을 들여다보고 있는 자신의 행동이 과연 옳은지도 판단이 잘 서지 않았다. 이오는 빵과 음료를 먹고 잠깐 앉아 쉬다가 일어났다. 다 먹은 쟁반을 카운터에 있는 주인에게 반납했다.

"맛있어요. 카페가 조용하고 예쁘네요."

이오는 주인에게 그저 지나가는 말로 인사를 했다. 주인은 쟁반을 받으며 따뜻한 미소를 보이며 말했다.

“새로 이사 오셨으면 쿠폰 등록하세요. 10회 방문하시면 1번은 무료예요. 가까운 곳은 배달서비스도 해드립니다.”

“제가 새로운 사람인 걸 아시네요?”

이오는 주인의 관찰력이 흥미로웠다.

“네, 그럼요. 여기에서 카페를 연 지 꽤 오래돼서 웬만한 분은 다 알죠. 감사하게도 동네 분들이 많이 오시거든요.”

카페 주인의 말에 이오는 번득 생각이 스쳤다.

‘맞아. 카페 주인은 이 동네 사람들에 대해 잘 알겠네!’

이오는 이 기회를 놓치지 않았다.

“그럼 저도 등록해야겠네요. 또 배달주문을 할지 모르니 카페 연락처도 알려주세요. 괜찮으시다면 직접 입력해주실래요?”

이오는 자신의 핸드폰을 건넸다. 핸드폰을 보자마자 주인이 말했다.

“어! 이층집 아드님이시네. 두 분이 아는 사이세요?

“이층집 아들이요?”

너무 놀란 이오의 표정을 보고 카페 주인은 오히려 당황했다. 다시 한 번 핸드폰을 보며 틀림없다는 표정으로 말했다.

이오의 스마트폰 배경사진은 형과 함께 찍은 사진이었다.

"네! 맞잖아요. 이층집 아드님이요."

카페 주인은 오히려 이오가 왜 당황하는지 영문을 모르겠다는 표정을 지었다.

"그분도 이곳에 자주 와서 혼자 책을 읽다가 가곤 하시죠. 어머니도 가끔 오시고요. 오면 말씀은 별로 없지만 벌써 저희 쿠폰을 여러 번 잘 이용하셨어요."

주인은 카운터에 걸린 여러 장의 쿠폰에서 한 장을 찾아 보이며 말했다. 쿠폰에 적힌 이니셜은 E였다.

E라는 이니셜을 보니 엘 박사가 떠올랐다. 이오는 심장이 쿵 내려앉았다. '설마……. 아닐 거야.' 고개를 좌우로 저었다.

"손님, 어디 불편하세요?"

카페 주인은 이오의 기색이 불편해 보였는지 안부를 물었다.

"아……. 아니에요."

이오는 도무지 정리되지 않는 이 상황이 혼란스러웠다. 이오의 속을 알 길 없는 카페 주인은 친절하게 인사를 했다.

"단골손님 친구분이시니 앞으로 자주 오세요!"

카페 주인의 인사를 듣는 둥 마는 둥 밖으로 나왔다.

"뭐지? 형이 이층집 아들이라니?"

이오는 머리가 아득해졌다.

이런저런 정보의 퍼즐을 맞춰보며 뭐에 홀린 듯 걷던 이오는 다시 형과 엘 박사님의 사진이 찍혔던 공원까지 걸어왔다. 형에 대한 모함이라는 것을 증명해 보이겠다며 당당하게 시작한 이오는 주춤했다. 형에 대한 정보는 모으면 모을수록 류샹 코치가 전한 사람들의 말에 가까워졌다.

"정말 그 이층집이 엘 박사님 댁일까?"

이쯤 되자 이오는 생각을 바꿨다.

"엘 박사님을 다시 만나야겠어."

엘 박사님께 전화를 했다. 그러나 몇 번을 걸어도 연결이 되지 않았다.

"여기에서 멀지 않으니 직접 찾아가야겠다."

이오는 혹시 만나지 못할 수도, 또 오래 기다릴 수도 있다는 것을 각오하고 엘 박사님의 연구소로 향했다. 가는 길에 이오는 엘 박사님을 만나면 물어야 할 질문들을 정리했다. 잠시 호흡을 가다듬었다.

"확인된 건 아직 아무것도 없어. 침착하자."

이오는 곧 연구소에 도착했다. 그리고 엘 박사님 연구실로 가는 입구에 들어섰다. 그런데 그 길의 끝에 낯익은 사람이 차에서 내리는 게 보였다.

"진 박사님?"

차에서 내린 사람은 바로 건물 안으로 들어갔다. 닮은 분일 수도 있겠다고 생각했지만 주차된 차를 보니 진 박사님이 확실했다. 이오는 빠른 걸음으로 진 박사님을 찾아 연구소 건물 안으로 들어섰다. 그러나 진 박사님은 이미 사라진 뒤였다.

"박사님도 여기에 볼일이 있으신가?"

이오는 우연한 장소에서 박사님을 만난 것이 반가워서 곧장 전화를 걸었다.

"박사님. 안녕하세요. 저 이오예요. 혹시 지금 어디 계세요?"

이오가 물었다.

"아……! 나야 그냥 집에 있죠."

박사님이 약간 망설이더니 대답했다.

"아, 그렇군요. 조만간 한번 뵈러 갈게요."

박사님은 여기에 온 것을 이오에게 알리고 싶지 않아했다. 이오는 당황했지만 적당히 둘러대고 통화를 끝냈다.

"그래. 내가 뭐라고."

사실을 말씀하지 않은 데는 뭔가 사정이 있겠지 생각한 이오는 박사님을 더 찾지 않고 엘 박사님의 연구실로 향했다. 엘 박사님의 연구실 앞에 도착하자 조교가 막 연구실에서 나왔다.

"어! 지난번에 왔던 친구군요. 박사님 손님과 같이 온 거예요?"

조교는 연구실 문을 닫으려다 이오가 들어가도록 문을 잡아주었다. 이오는 조교의 말이 무슨 뜻인지 몰랐지만 안내를 받고 연구실에 들어섰다. 연구실 입구엔 가림막같이 보이는 나무판이 세워져 있어 안에 누가 있는지는 보이지 않았다. 안에서도 밖에 이오가 들어온 것을 알지 못했다. 이미 누군가가 도착해서 엘 박사님과 말씀을 나누고 있었다. 그런데 그 목소리는 이오에겐 아주 익숙한 목소리였다. 진 박사였다.

"내가 늙어 힘들어 그러니 자리에 좀 앉아도 되겠나? 엘 박사. 이름이 어색하군."

진 박사의 정색한 목소리는 공기도 얼릴 듯 차가웠다. 진 박사는 엘 박사의 허락과는 상관없이 소파에 앉은 듯했다.

"불쾌하군요. 용건만 말씀하시고 나가주세요."

"우리가 그렇게 쉽게 끝날 사이인가?"

진 박사가 말했다.

"그렇게 끝나지 않을 것도 없죠."

엘 박사는 언짢은 듯 말했다. 엘 박사의 목소리는 날카로웠다. 단 두 대화만으로도 두 사람의 사이가 무척 좋지 않다는 것을 누구나 알 수 있을 정도였다. 이오는 나가지도 못하고 들어가지도 못하고 어쩔 수 없이 가림막 뒤에서 두 사람의 이야기를 들어야 했다.

"세상은 참 넓고도 좁아. 그렇게 찾아 헤매도 찾지 못한 사람을 이렇게 보게 될 줄이야."

진 박사가 말했다.

"내 후배가 어떻게 죽었는지는 알고 있나?"

진 박사가 말했다.

"그 사람은 이미 십수 년 전에 헤어진 저와 상관없는 사람입니다. 그걸 제가 왜 알아야 하죠?"

"좋아. 그건 그렇다 치고 본론만 바로 말하겠네. 아이들은 어디 있나?"

"무슨 말씀하시는 거죠? 아이들이라뇨."

"자네가 낳은 아이들. 아니 내 후배의 아이들이기도 하지."

"지금 무슨 모함을 하는 겁니까? 아이라뇨."

"모함? 모함? 내 후배가 다 죽어가는 상태로 나에게 연락을 한 날을 나는 아주 또렷하게 기억하고 있어. 자신이 사랑한 여자의 욕심을 막지 못하고 낳은 쌍둥이를 그저 따로 떼어놓게 했다는 죄책감으로 시름시름 앓다가 폐인이 돼서 죽을 때쯤 나에게 연락을 했지. 내가 만든 거짓말이라고 하지 말게. 후배의 유언을 마지막으로 후배의 장례까지 치른 건 나니까."

진 박사는 크게 소리쳤다.

"세상에 비밀이 있을 줄 알았나? 수학 유전자의 위치를 찾아낸 후배를 꼬여내고 우리 연구소의 원천 기술인 유전자 편집기술을 이용해서 수정란 편집을 하고 인공 수정을 통해 불법적인 연구가 드러나지 않도록 자신이 직접 임신을 했지. 독한 사람."

이오는 너무 엄청난 이야기에 절로 나오는 소리를 막으려 입으로 손을 막았다.

"그래서요. 10년도 훨씬 넘게 지난 일을 지금 와서 뭘 어쩌겠다는 거죠?"

"사랑이란 허울 아래 후배를 파멸로 이끌고 자신의 연구 욕심을 채우기 위해서 순진한 사람을 이용하다니……."

"파멸이라뇨. 말씀 조심하세요. 저는 정당한 연구를 한 겁니다."

"정당했다고? 그렇다면 왜 연락도 끊고 이름까지 바꾼 거지?"

엘 박사는 말을 잇지 못했다.

"당신이 알 바 아니에요. 그와의 사이에서 아이들이 있더라도 그저 내 몸으로 내가 낳은 자식들이에요."

"정말 당신은 그 아이들을 자식으로 생각하고 있긴 하는 거야? 단지 자신이 원하는 연구결과를 얻기 위한 도구가 아니고?"

"마음대로 생각하세요. 아이도 낳아보지 않은 분이 엄마 심정을 어떻게 알겠습니까?"

엘 박사는 책상의 물건을 흩트리며 화를 냈다. 책상 위에 놓였던 독특한 문양의 사진액자가 진 박사님 방향으로 떨어졌다. 그 사진 액자는 바로 유전자 공학 학회에서 한정판으로 제작해서 만들었다고 한 그 액자였다.

"재밌군. 이 액자가 나를 여기로 데려왔지. 이 액자를 가진 사람은 우리 연구소 직원뿐인데 누군가가 이것을 봤다고 하더군. 그래서 혹시나 내가 아는 사람이 아닐까 알아봤지. 낯선 이름의 박사라 누군가 했는데 그게 너였던 거야. 너에 대해 알아보는 과정에서 주변 연구자들에게 물어보니 10년이 넘은 종단연구가 마무리 단계에 있다고 말하고 다녔다는데 설마 그 연구와 그 아이들이 관련된 건 아니겠지? 만약 그렇다면 넌 엄마의 자격도 없어. 당장 그 아이들을 내가 데려갈 걸세."

엘 박사의 책상 한켠엔 '종단연구 수학 유전자가 수학성취능력에 미치는 영향'이라는 연구보고서 표지가 놓여 있었다.

"그만하지 못해요?"

늘 온화한 미소를 보이는 엘 박사에게 그렇게 표독스러운 모습이 있었다는 것은 충격이었다.

그때 진 박사는 허리를 굽혀 바닥에서 뭔가를 주웠다. 액자가 부서지면서 밖으로 빠져나온 사진을 집어 들었다. 진 박사는 물끄러미 사진을 보았다.

"이 아이군."

진 박사는 확신에 차서 말했다.

"닮았어."

"이리 내놔요!"

엘 박사는 진 박사가 손에 든 사진을 가로챘다.

"그만 나가주세요. 경찰을 부를 겁니다."

"그건 내가 바라는 바야."

진 박사는 팽팽하게 맞섰다.

"한 아이는 자네가 키우고 있다면 다른 아이는 어디에 있는 거지?"

진 박사는 엘 박사를 압박했다.

"도대체 나머지 한 아이는 어디 있는 거야?"

진 박사는 엘 박사를 향해 소리를 질렀다. 그때 가림막 뒤에 있던 이오가 망연자실한 모습으로 나타났다. 진 박사는 소스라치게 놀랐다.

"이오군? 이오군이 왜 여기에 있는 거예요?"

이오의 표정은 이미 사색이 되어 있었다. 이오는 진 박사를 본 후 엘 박사를 바라봤다.

"설마……. 우리 카이 형이 박사님의 아들인 거예요?"

이오는 엘 박사에게 물었다.

"그게 무슨 소리지? 그 올림피아드 대표라는 형 말하는 건가?"

진 박사가 이오에게 물었다.

"네."

"그럼 형들이 쌍둥이인가?"

진 박사는 이오에게 확인했다.

"그건 잘 모르겠어요. 부모님이 형을 입양하셨거든요. 친구분의 부탁이셨대요. 그 친구분이 바로 박사님의 후배셨어요. 죄송해요. 그 말씀은 미처 못 드렸어요."

이오의 목소리가 떨렸다.

"잠깐 그럼, 내가 내 후배의 장례를 마치고 후배의 유언대로 납골당 주소를 알려준 사람이 바로 이오군 아버지셨다는 건가? 세상에 어떻게 이런 일이."

진 박사는 소파에 털썩 주저앉았다.

"죽은 사람의 한이 우리를 연결해준 거군."

진 박사가 고개를 떨구었다.

"이오군. 미안한데 좀 나가서 기다려주겠나? 엘 박사와 내가 좀 더 나눌 이야기가 있어서."

진 박사는 이오에게 부탁했다.

"아뇨. 저도 듣고 싶습니다. 아니 들을 권리가 있습니다."

이오는 단호하게 거절했다. 진 박사는 체념한 듯 엘 박사를 바라봤다.

"이제 거짓말을 그만해! 도대체 어떻게 된 건지 사실을 말하라고."

진 박사는 엘 박사를 향해 매몰차게 재차 추궁했다.

"그래요. 내가 그랬어요."

엘 박사는 거칠게 소리를 지르며 울부짖었다. 엘 박사의 길들여지지 않은 절규가 연구실에 울렸다. 진 박사와 이오는 그 비참한 광경을 말없이 지켜봤다. 한참의 시간이 지난 후 연구실이 조용해졌다. 엘 박사는 초점 없는 눈으로 앞을 보며 말하기 시작했다.

"그가 수학 유전자를 발견했다는 사실을 듣고 또 유전자 편집기술로 맞춤 아기를 만들어낼 수 있다는 것을 알게 되면서……."

엘 박사는 꺼내기 어려운 말을 하기 위해 자신 안에 있는 용기를 모으는 듯 잠시 멈추었다가 말을 이어갔다.

"수학 유전자를 타고난 아이에게 체계적인 영재교육을 시켜 세계 최고의 수학천재를 만들어내고 싶었어요. 그 연구의 성과는 올림피아드 수상으로 보여야겠다고 생각했죠. 숨겨진 비밀을 세상에 발표했을 때 사람들이 놀랄 모습과 주목받을 나를 생각하면서 젊은 시절의 전 환상에 빠졌었어요. 만약 그 생각이 실현된다면 우수한 인재를 필요로 하는 인류를 위한 획기적인 연구라는 의미를 부여하면서 끝까지 망설이던 그 사람을 어렵게 설득했죠. 내 말을 따라주면서도 늘 죄책감에 흔들리던 그 사람은 아이들이 태어나자 더 이상은 연구에 참여하지 않겠다고 했어요. 연구윤리를 어긴 것만으로도 이미 충분히 잘못했으니 우리에게 온 생명들을 그저 잘 키우는 것으로 그 죄를 용서받자고 했죠. 하지만 전 그럴 수 없었어요. 전 미쳤었으니까요. 죄책감에 날마다 건강이 약해지는 그를 뒤로하고 쌍둥이 중 한 명을 데리고 떠났어요. 세계 최고의 천재를 만들어낸다면 이런 과정상의 문제는 모두 용서되리라 생각했죠. 그래요. 내가 어리석었어요. 알아요."

엘 박사는 다시 말을 멈추고 한참을 흐느꼈다. 노여워하던 진 박사도 할 말을 잃고 그저 소파에 겨우 몸을 기댄 채 엘 박사의 말을 듣기만 했다.

"그러나 타고난 수학 유전자와 체계적인 영재교육에도 불구하고 제가 키운 아이는 수학에 뛰어난 성취를 보이지 못했어요. 제 환상은 서서히 금이 갔죠. 제 가설은 실패니까요. 전 낙담했어요. 설상가상으로 아들의 건강도 좋지 않아졌어요. 전 벌을 받는 거라 생각했죠. 그때부턴 욕심을 접고 그저 내 아들을 위해 최선의 노력을 했어요. 이제부터라도 더 부끄러운 엄마가 되지 말아야겠다고 다짐했죠. 그렇게 모든 환상을 접고 있다 보니 제가 두고 온 또 한 명의 아들이 그리웠어요. 그래서 카이를 찾아갔죠. 못된 엄마 때문에 아버지도 잃은 카이 앞에 나설 엄두가 나지 않았어요. 다행히 카이는 입양된 가정에서 잘 자랐더군요. 특별한 교육 없이도 정말 수학을 좋아하고 잘하는 아이로 말이죠. 쌍둥이 형제의 다른 상황을 보며 단지 수학 유전자를 갖고 태어난 아이여서 수학을 잘하고 좋아하게 된 게 아님을 알았기에 그 아이의 순수한 성장을 지켜주고 싶었지만 마음 한켠으로는 이 아이라면 내 환상을 성공으로 마무리 지어줄 수도 있겠다는 생각도 서서히 올라왔어요. 욕심의 불씨가 다 꺼진 줄로만 알았는데 아니었던 거죠. 궁여지책 끝에 수학재능아 프로그램이라는 명목으로 카이를 만날 기회를 만들었어요. 연구를 계속 진행하긴 했지만 절대로 연구에 대한 욕심만으로 카이에게 접근한 건 아니에요. 그건 사실이에요."

이오는 엘 박사의 진심을 전혀 헤아릴 수가 없었다.

"카이를 만날 때마다 괴로웠어요. 제가 저지른 말도 안 되는 패

륜을 용서해 달라고 기도드렸죠. 적당한 시기가 오면 카이가 충분히 이해하도록 말할 생각을 늘 갖고 있었지만 안타깝게도 비밀이 지켜지지 않았어요. 아마도 제가 카이 아닌 아들과 지내는 모습을 사람들이 보고 오해하면서 생긴 소문들이 카이에게도 전해졌던 것 같아요.

올림피아드 캠프 첫날 대학에서 멀리 떨어져 있지 않는 제 집에 갑자기 카이가 방문했어요. 그 주소를 어떻게 알았는지는 모르겠지만 거기에서 자신과 똑같은 모습을 한 아이가 저와 함께 있는 것을 봤죠. 전 진심을 말하면 통하지 않을까 생각하며 카이에게 말했어요. 큰 대회를 앞두고 있는 터라 무척 조심스러웠어요. 난 그저 네가 태어나기 전에 먼저 선물을 주고 싶었던 거라 생각해 달라 애원했죠. 한 치의 흔들림도 없던 카이가 기억나요. 카이가 담담하게 듣는 것 같아 마음을 놓았지만 캠프로 돌아간 카이가 그런 극단적인 선택을 하리라곤 상상도 못 했어요. 그래요, 내가 죽을죄를 진 거 알아요. 후회도 하고 있어요. 하지만 카이가 그런 상태가 되고 저라고 편했겠어요? 전 매일매일 지옥 같은 시간을 보내고 있어요. 남 몰래 카이의 병실에 찾아가곤 했어요. 아무에게도 말하지 못하고 누구 탓도 못 하고 제 젊은 날의 짧은 생각으로 내 아들이 삶을 끝내려고 했다는 것이 너무 너무 미안하고 맘이 찢어집니다. 생각

같아서는 저도 죽고 싶었지만 내 또 다른 아들은 어떻게 합니까?"

엘 박사는 손으로 가슴을 치며 비통해했다.

"비극이네. 비극이야. 이 모든 비극은 너의 욕심이 만들어낸 거야. 너의 욕심이 내 후배를 죽이고 아무것도 모르는 순진한 아이들을 지옥으로 빠뜨렸어. 오히려 넌 네 아들의 모든 노력을 유전자 덕이라는 프레임에 갇히게 했어. 아마도 네 아들은 지금까지 자신의 삶 전체가 거짓이었다는 사실을 견딜 수 없었을 걸세. 넌 네 아들을 생물학적으로 태어나게 했지만 정신적으로 무너뜨린 거야."

진 박사는 한탄했다. 이오는 너무도 엄청난 사실을 감당할 힘이 없었다. 그는 엘 박사의 연구실에 그저 주저앉았다.

침묵의 소리가 연구실을 무겁게 채웠다.

크리스마스 소원

진실의 폭풍우를 온몸으로 맞은 이오는 집으로 돌아와 거실 소파에 누웠다. 놀란 가슴은 쉽게 가라앉지 않았다. 볼은 붉게 열이 올라온 상태였다. 이오는 누운 상태에서 숨을 천천히 들이쉬고 내쉬며 안정을 찾으려 노력했다. 하지만 울컥울컥 솟아오르는 감정이 자제되지 않는지 벌떡 일어났다가 다시 누웠다가를 반복했다. 이오는 누구보다 가까운 곳에서 카이 형의 순수한 열정과 노력을 지켜보았기에 이 상황이 더 잔인하게 다가왔다. 순수한 열정으로 삶에 최선을 다해 사는 사람에게 엉뚱한 사람이 나타나서 '미안한데 네 삶의 주체는 네가 아니야. 내가 잠깐 궁금해서 실험을 해본 거거든? 네가 그렇게 수학을 좋아하고 잘하게 된 건 다 내 실험 덕분이라고. 너의 노력 때문이 아니야. 그러니 너의 존재는 나의 수단에 불과해. 이제 결과를 알았으니 수고했어'라고 잔인하게 말하는 형국이었다. 자신이라면 도저히 감당할 수 없는 사실이었다. 형이 느꼈을 충격은 논리적으로는 가늠이 되지 않았다.

'악어의 눈물은 아니었을까?'

이오는 울부짖었던 엘 박사님의 모습이 계속 떠올랐다. 엘 박사님을 이해하기 위해 노력을 하려다가도 형이 느꼈을 상실감을 생각하면 마음이 다시 답답해졌다. 이오는 카이의 입장이 되어 생각하고 또 생각했다.

'형은 자신의 존재가 뿌리째 흔들린 상실감을 느꼈을 거야. 자신의 존재 자체가 거짓이란 생각이 들었겠지. 그래서 극단적 선택을 했을지 몰라. 거짓된 삶을 지우고 인생의 주체로 다시 태어나기 위해 모든 것을 포맷하려고 말이야. 그리고 어쩌면 그건 형이 느낀 동일한 상실감을 엘 박사님도 느끼게 하려는 선택일 수도 있어.'

그렇게 이오는 형의 입장을 추측했다. 자신이 그렇게 알고 싶었던, 형이 극단적인 선택을 한 이유에 다다랐지만 마음은 전혀 개운하지 않았다. 형의 선택에 대해 이오는 백만 가지 생각이 들었다. 형의 극단적 선택을 지지할 수도 없고 아무리 그래도 생명을 함부로 해서는 안 된다고 말할 수도 없었다. 누워서 한참을 생각하던 이오는 이 모든 사실은 자신이 삼키고 기사는 작성하지 않기로 마음을 먹었다. 형을 대중의 관심으로 두 번 죽이고 싶지 않았다.

혈연으로 연결된 쌍둥이는 멀리 떨어져 있어도 감정을 공유할 수 있다고 한다. 하지만 같은 핏줄은 아니어도 같은 추억을 공유한 시간으로 연결된 관계가 더 끈끈할 수도 있다. 이오는 카이 형의 비극적 소식을 경찰로부터 처음 들은 날 자신의 시간을 관리하던 마음속 시계가 멈춘 것 같던 느낌을 기억했다. 그것은 이오와 카이가 비록 친형제는 아니지만 함께 쌓은 추억으로 같은 마음 시계를 공유하는 형제임을 의미했다. 큰 충격을 받고 멈췄던 이오 마음의 시계는 아리, 제이, 진 박사님과 같은 좋은 사람들을 만나면서 서서히 회복되어왔다. 같은 시간 속에 존재하는 카이 형 역시 자신과 같을 거라 생각했다. 바닥까지 뒤집혔던 슬픈 감정의 혼란 속에서 분노와 슬픔이 어느 정도 가라앉은 모습을 한 채 자고 있던 형의 모습이 오버랩되었다.

'모든 게 제자리를 찾게 되길.'

이오는 물끄러미 달력을 보았다. 형의 일이 터진 날부터 시간이 주마등처럼 스쳐갔다. 남은 달력도 이제 한 장뿐이었다. 빨간색으로 표시된 크리스마스가 눈에 들어왔다. 벌떡 일어난 이오는 창고로 갔다. 크리스마스 트리와 전등, 장식물이 담긴 박스를 꺼냈다. 크리스마스 트리를 설치하는 건 늘 아버지가 하던 일이었다. 이오는 혼자 담담히 설치했다. 그리고 전등을 보기 좋게 걸었다. 박스를 열어 손때 묻은 아기자기한 장식물을 꺼내 트리를 꾸몄다. 알록달록 트리, 산타 인형, 지팡이 모형은 이오와 함께 나이가 들어갔다. 나무의 꼭대기에 대왕별은 늘 형이 올렸는데 올해는 그 역할까지 해냈다. 다 설치했다고 생각하고 박스를 치우려는데 상자 바닥엔 작년에 소원을 적어 걸어둔 크리스마스 카드가 놓여 있었다. 그냥 치우려다 형의 카드를 열었다. 꼭 일 년 전 형의 소원을 읽었다.

"산타 할아버지, 저에게 이렇게 좋은 가족을 이미 주신 걸로 전 더 이상 소원이 없습니다. 다만 혹시 제게 기회가 온다면 저를 낳아주신 어머니는 한번 뵙고 싶네요.

그게 언제가 되든지요."

이오의 손이 떨렸다. 아무도 없는 거실에서 흐느끼기 시작했다. 이오는 한 번도 들어보지 못한, 자신의 몸에서 나오는 흐느끼는 소리를 들으며 하염없이 눈물을 흘렸다. 형의 카드엔 이오의 슬픈 흔적이 고스란히 남았다. 형의 카드를 망칠까 다시 접었다. 형이 만든 독특한 크리스마스 카드를 마주 봤다.

'똑똑!'

이오는 카이의 방문을 두드렸다.

"네."

카이가 대답했다.

"뭐 해?"

이오가 물었다.

"소원이 꼭 이루어지는 크리스마스 카드를 만들어볼까 하고 있지."

카이가 대답했다.

"에이, 그런 게 어디 있어?"

이오가 말했다.

"여기 있지. 간절히 바라면 이루어진다니까?"

카이가 익살스러운 표정으로 이오를 보며 말했다.

"이거 볼래?"

"여자 그림이네?"

"응. 나도 처음엔 그림인 줄 알았지. 이건 기욤 아폴리네르라는 시인의 <당신을 알아>란 시야. 글자로 그려진 여자의 모습을 담은 시각시라고 해."

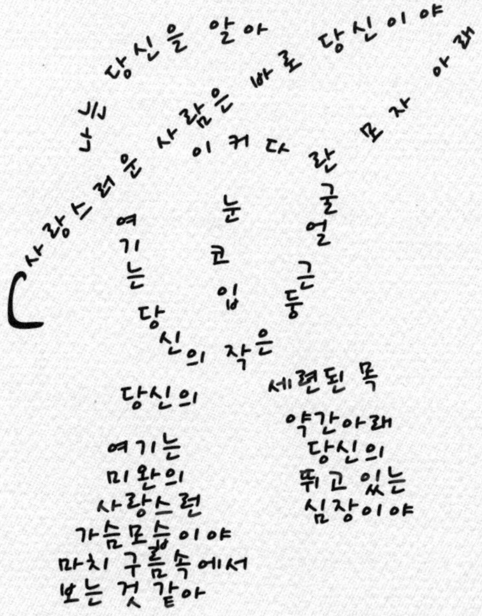

카이가 시에 대해 설명을 했다.

"이게 시라고?"

이오가 의아한 듯 물었다.

"읽어봐."

카이는 시가 적힌 종이를 이오에게 내밀었다.

"재밌네. 글씨를 그림처럼 표현했어."

시를 다 읽은 이오가 말했다.

"그치! 그래서 말인데 나도 소수를 그림처럼 표현해서 크리스마스 카드를 만들어보려고."

카이가 말했다.

"소수? 소수로 어떻게 크리스마스 트리를 만들어?"

이오가 물었다.

"수학재능아 프로그램에서 소수 데이터를 점으로 표현하여 시각화하는 영상을 본 적이 있어.• 거기에서 영감을 얻었어."

흥미로운 이야기를 할 때 늘 그렇듯 카이의 눈이 반들반들 움직였다.

"흥미롭네."

이오는 관심을 보였다.

"그래서 지금 1225를 나타낼 구조를 생각해보고 있었어. 한번 봐줄래? 이거 뭐 같아?"

카이는 막 출력된 종이를 이오에게 건넸다.

• http://www.datapointed.net/visualizations/math/factorization/animated-diagrams/

이오는 형이 준 종이를 들여다보곤 양 손바닥을 위로 향하고 어깨를 올렸다 내렸다.

“내가 뭐라고 답해야 하는 거지?”

이오는 무슨 말을 해야 할지 몰라 난감한 표정을 지었다.

“떠오르는 대로? 편하게 말해.”

카이는 심각하지 않았다.

“삼각형?”

이오는 떠오른 느낌을 말했다.

“그래? 그럴 수도 있겠네. 잠깐만 그럼 좀 풍성하게 해볼까?”

카이는 키보드의 숫자판을 두드리더니 다시 한 번 출력을 해서 보여주었다.

“이렇게 하면?”

이오는 다시 한 번 카이를 바라봤다.

“뭐가 달라진 거지??”

카이는 무척 당황하며 말했다.

“엥? 자세히 봐봐. 처음 것을 3배나 했잖아.”

“그래? 내가 보기엔 모양이 똑같은 거 같은데.”

카이는 두 그림을 번갈아 보며 난감한 표정을 지었다.

“점의 개수를 헤아려봐.”

카이가 요구했다. 이오는 여기에 더 있다가는 수학에 말려들 것 같았다.

“아냐. 그냥 나갈게. 형.”

하지만 카이는 이오를 놓아주지 않았다.

“어허. 동생님. 점을 세보라니까. 작은 점이 3개 모인 가 한 단위를 이루고 있고 같은 모양이 반복되어 있으니까 하나의 개수만 세서 곱하면 될 거야.

은 가 3개니까 $3^2=9$개고

은 가 3개니까 $3^2\times3=3^3$, 27개

이런 식으로 말이야."

카이의 설명을 듣고 이오는 자신이 이해한 대로 개수를 조심스럽게 말하며 형의 눈치를 살폈다.

"처음에 형이 보여준 것은 3^4이 3개 있으니 모두 3^5=243갠가?"

이오가 물었다.

"맞아. 그럼 내가 나중에 준 건?"

카이는 활짝 웃으며 다시 물었다.

"3^6=729개의 점이네."

이오가 답했다.

"그렇지. 맞아. 거봐. 다르잖아."

카이가 맞장구를 치며 말했다.

"그렇네. 그런데 얼핏 보면 같아 보여."

이오는 변명했다.

"맞아. 그렇게 보이긴 하지. 부분이 곧 전체가 되고 전체가 곧 부분의 모습을 하고 있어서 그래. 이런 구조를 수학에서는 프랙털이라고도 해. 잎이 달린 나무의 가지를 가만 들여다보면 가지 일부분의 모습이 전체의 나무의 모습과 닮았잖아."

카이는 두 번째로 출력한 종이의 그림을 보면서 말을 이어갔다.

"이건 소수 3으로 만들어진 3^6 나무라고 보면 돼. 프랙털 구조를 가진 크리스마스 트리야."

카이가 말했다.

"형, 그런데 잎만 있는 크리스마스 트리는 없잖아. 줄기와 화분도 나타내면 좋겠어."

이오가 말했다.

"어디 보자. 이미 나뭇잎에 729개의 점을 썼으니 남은 점은 496개고. 496으로 줄기와 화분을 나타내면 되겠어."

카이가 말했다.

"어떻게?"

이오가 물었다.

"먼저 496이 어떤 소수들의 곱으로 이루어졌는지 말해줄래?"

이오는 카이 형과 놀겠다고 들어온 자신이 뭔가에 홀려 소인수분해까지 해야 한다는 사실이 어이가 없었지만 형의 흥을 깨고 싶지 않았다. 또 자신도 나름 기여를 할 수 있을 거란 생각에서 기꺼이 펜을 들었다.

"496은 짝수니까 일단 소수 2로 나누면 $496=2^4\times31$이 돼."

이오는 카이에게 답을 보여주었다.

"우리가 3을 3개의 점으로 나타냈듯이 네가 496을 점으로 나타내볼래?"

카이는 다시 질문을 했다.

"음……. 2를 2개의 점으로 나타내면, 2^4은 으로 나타내면 어떨까?"

이오는 다른 아이디어를 냈다.

"제법인데. 같은 모양이 31개가 있으면 되니까 줄기와 화분은 거뜬하겠어."

형은 이오의 생각을 받아들여 다시 책상에 앉아 키보드를 몇 번 두드린 후 프린트를 해서 보여주었다.

"하하! 재밌다. 형! 카드엔 어떤 소원을 적을 거야?"

형이 만든 카드를 보며 이오가 물었다.

"그건 비밀이지. 열지 못하게 풀로 붙여야지. 크리스마스 끝나고 상자에 넣어둘 테니 내년에 봐. 하하하."

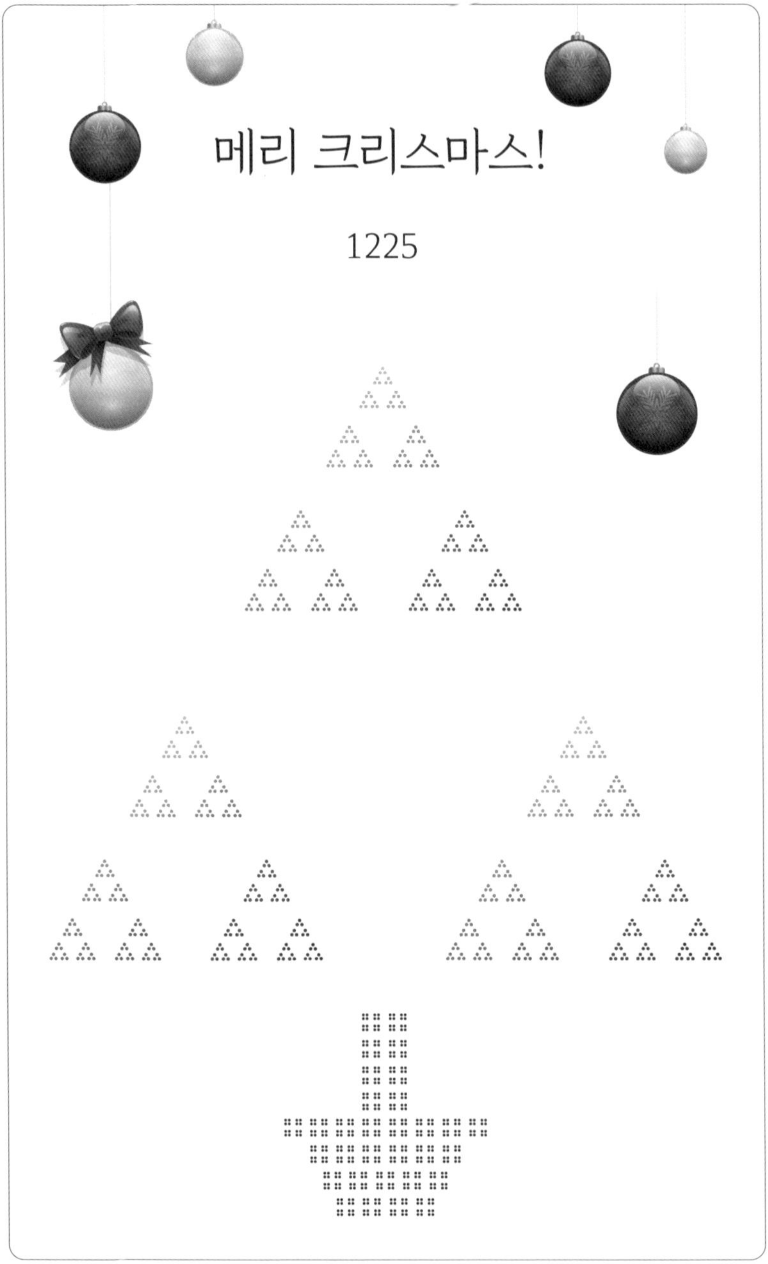
메리 크리스마스!
1225

형의 웃음소리가 들리는 듯했다. 이오는 방으로 들어갔다. 눈물은 거두고 그때 형이 가르쳐준 방법으로 소수 크리스마스 카드를 만들었다. 그리고 소원을 썼다.

"산타 할아버지. 내년 크리스마스엔 형과 아버지와 함께 별을 보러 가게 해주세요."

거실에 장식한 크리스마스 트리의 별이 반짝였다.

· 카이의 수학 노트 ·

내 동생 이오에게

"153은 나르시시즘 수야."

– 나르시시즘 수 58쪽

나르시시즘(Narcissistic number) 수는 n자리 수에 대하여 각 자리의 수를 n제곱하여 더한 결과가 다시 자신이 되는 수를 말해. 너에게 알려준 153도 그렇지만 370, 1634도 이런 성질을 가져.

$370=3^3+7^3+0^3=27+343+0$

$1634=1^4+6^4+3^4+4^4=1+1296+81+256$

영국 수학자 고드프리 하디(Godfrey Harold Hardy, 1877~1947)는 나르시시즘 수를 두고 퍼즐 칼럼 코너에 싣는다면 흥미 유발은 하겠지만 수학자들의 관심을 끌 만한 것은 없다고 말했지. 그럼 어때? 이오 너의 관심은 끌었잖아. 난 그것으로 충분해!

"신기하네. 뼛속까지 소수네. 이런 소수가 많아?"

- 절단 가능 소수 63쪽

너에겐 스스로 알아보라고 했는데 찾아보고 있어? 네가 지하철에서 했던 질문에 대해 정리해보고 있어. 나중에라도 알려주려고. 소수는 네가 이미 알고 있는 대로 약수가 2개인 수로 1과 자기 자신을 약수로 갖지. 그중에서 지하철에서 함께 이야기 나눈 소수 739397을 절단 가능 소수(truncatable prime)라고 해. 절단 가능 소수는 주어진 수의 가장 오른쪽 또는 왼쪽 자리 숫자부터 하나씩 지워나가도 소수가 되는 수를 말하지. 오른쪽 숫자부터 하나씩 지워나가도 소수가 되는 경우를 오른쪽 절단 가능 소수(right-truncatable prime)라 하고, 가장 왼쪽 자릿수부터 그렇다면 왼쪽 절단 가능 소수(left-trucatable prime)라 해.

오른쪽 절단 가능 소수의 예로는 23, 29, 31, 37, 53, 59, 71, 73, 79, 233, 239, 293, 311, 313, 317, 373, 379, 593, 599, …등이 있고 왼쪽 절단 가능 소수로는 13, 17, 23, 37, 43, 47, 53, 67, 73, 83, 97, 113, 137, 167, 173, 197, 223, 283, 313, 317, 337 …등이 있어. 739397은 양방향으로 절단 가능 소수가 되는 거지. 너의 재밌는 표현대로 뼛속까지 소수야.

"형 말을 들으니 소수도 참 다양하네."

– 특별한 소수 63쪽

소수의 다양성에 대해 놀라는 너의 얼굴에서 나를 봤어. 내가 소수와 사랑에 빠진 날 바로 그렇게 벅찬 얼굴을 했지. 맞아. 네 말대로 소수는 다양하고 그중에는 특별한 이름을 가진 소수도 있어. 몇 개만 읊어볼까?

메르센 소수(Mersenne prime), 페르마 소수(Fermat prime), 소피 제르맹 소수(Sophie Germain primes), 피보나치 소수(Fibonacci prime), 쌍둥이 소수(Twin primes), 주기 소수(Full Reptend prime), 순환 소수(Circular prime), 사촌 소수(Cousin primes), 섹시 소수(Sexy prime), 타이타닉 소수(Titanic prime) 등등이 있어. 소수에 빠진 사람은 밤하늘의 별만큼이나 많지. 나도 그중 하나고. 소수는 너만큼이나 참으로 매력적인 연구대상이야. 아직은 내 실력으로 그들을 모두 이해할 수는 없어. 그중에 하나만 제대로 알아도 난 만족하지만 언젠간 나 알 수는 있을까?

"소수를 시각적으로 나타내는 놀이"

– 소수 패턴 그림 104쪽

지루한 시간을 견딜 때 너는 뭘 하니? 난 가끔 그림을 그리곤 하는데 수학자 울람도 그랬나봐. 소수를 시각화하여 크리스마스 카드를 만들어봤는데 이번엔 너에게 소수의 분포를 시각적으로 나타낸 수학자 스타니스와프 마르친 울람(Stanisław Marcin Ulam, 1909~1984)의 패턴을 소개하려 해. 울람은 회의에 참여했다가 지루함을 견디기 위해 자연수를 나선모양으로 나열한 후 소수에 색칠하기 시작했는데 거기서 흥미로운 패턴을 발견했어. 출발점을 바꿔가면서 패턴을 관찰하던 중 대각선에 소수가 나타남을 발견했지.

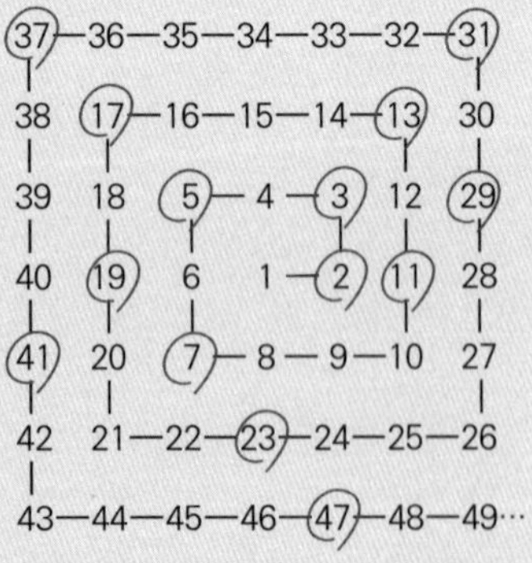

116	115	114	113	112	111	110	109	108	107
81	80	79	78	77	76	75	74	73	106
82	53	52	51	50	49	48	47	72	105
83	54	33	32	31	30	29	46	71	104
84	55	34	21	20	19	28	45	70	103
85	56	35	22	17	18	27	44	69	102
86	57	36	23	24	25	26	43	68	101
87	58	37	38	39	40	41	42	67	100
88	59	60	61	62	63	64	65	66	99
89	90	91	92	93	94	95	96	97	98

너도 한번 해볼래? 다음의 소수 리스트를 이용하여 울람이 찾은 패턴을 찾

아보렴. 왜 이런 현상이 나타날까? 신기하지?

237	236	235	234	233	232	231	230	229	228	227	226	225	224	223
238	185	184	183	182	181	180	179	178	177	176	175	174	173	222
	186	141	140	139	138	137	136	135	134	133	132	131	172	221
	187	142	105	104	103	102	101	100	99	98	97	130	171	220
	188	143	106	77	76	75	74	73	72	71	96	129	170	219
	189	144	107	78	57	56	55	54	53	70	95	128	169	218
	190	145	108	79	58	45	44	43	52	69	94	127	168	217
	191	146	109	80	59	46	41	42	51	68	93	126	167	216
	192	147	110	81	60	47	48	49	50	67	92	125	166	215
	193	148	111	82	61	62	63	64	65	66	91	124	165	214
	194	149	112	83	84	85	86	87	88	89	90	123	164	213
	195	150	113	114	115	116	117	118	119	120	121	122	163	212
	196	151	152	153	154	155	156	157	158	159	160	161	162	211
	197	198	199	200	201	202	203	204	205	206	207	208	209	210

· 소수 리스트 ·

41 43 47 53 59 61 67 71 73 79 83 89 97 101 103 107 109 113 127 131 137

139 149 151 163 167 173 179 181 191 193 197 199 211 223 227 229 233

울람은 수학에 관한 이런 말을 남겼다고 해.

"수학은 옳음과 그름, 증명된 것과 증명되지 않은 것, 그럴듯한 것과 그럴듯하지 않은 것을 구별하는 법을 가르치기에 유일하게 적합한 학문이다."

수학과 친해지다 보면 너도 울람의 말뜻을 알게 될 거야.

"얼핏 보면 같아 보여."

– 프랙털 259쪽

사진 ①은 고사리 잎이야. 그중에 하나를 따서 봐도 꼭 전체의 모습과 유사하지? 사진 ②의 브로콜리는 어떻고? ③은 코흐곡선이라는 건데 역시 마찬가지로 어느 부분을 확대해도 전체 구조와 똑같은 모양이 나타나고 이러한 현상이 무한히 반복되지. 이렇게 자기유사성이 순환되는 기하학 구조를 프랙털이라고 해. 우리의 크리스마스 카드와 비슷해 보이는 ④의 시어핀스키 삼각형도 프랙털 구조를 갖고 있지.

①

②

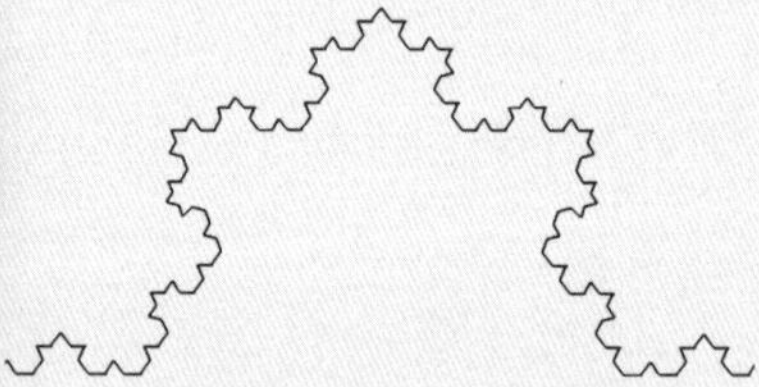

③

④

프랙털이라는 용어는 수학자 망델브로(Benoît B. Mandelbrot, 1924~2010)가 자신의 논문 "Les objets fractals, forme, hasard et dimension"(프랙털-형태, 우연성과 차원)에서 처음 사용했어. 망델브로는 반항아였대. 수학교수인 삼촌은 망델브로에게 순수수학을 전공하라고 했지만 그 말을 따르지 않고 자기가 원하는 응용수학을 자유로운 분위기에서 연구하던 중에 프랙털 형상을 찾게 되었다는군. 이렇게 신기한 걸 발견하지 못했다면 어땠을까? 이오! 만약에 네가 하고 싶은 일을 찾았는데 아버지가 반대한다면 내가 너의 편이 되어줄게.

· 참고자료 ·

- https://en.wikipodia.org/wiki/Narcissistic_number
- https://en.wikipedia.org/wiki/Truncatable_prime
- https://primes.utm.edu/
- https://www.alpertron.com.ar/ULAM.HTM
- https://en.wikipedia.org/wiki/Ulam_spiral
- https://ko.wikipedia.org/wiki/%EB%B8%8C%EB%88%84%EC%95%84_%EB%A7%9D%EB%8D%B8%EB%B8%8C%EB%A1%9C

작가 후기

∵

유전자 편집 기술을 이용해 높은 지능으로 태어나는 인간이 특권계급이 되는 미래가 올 수도 있다는 뉴스를 보니 정신이 번쩍 듭니다. 공부하는 학생들에게 유전자를 활용한 보건 분야가 유망해질 수 있으니 그쪽 학과를 진학하려면 지금보다 더 많이 공부하라고 안내만 하면 되는 걸까요? 이미 태어난 우리와는 상관없는 미래의 일이고 똑똑한 과학자들이 알아서 해결해줄 테니 괜한 시간을 들여 고민할 필요가 없는 걸까요?

수학을 열심히 공부한 결과 사회의 한 분야를 책임지는 모형을 만드는 위치에 있게 된 사람이 자신의 신념과 일치하는 정보는 받아들이고 그렇지 않은 정보는 무시한 모형을 만들어 결국엔 자신의 이익만을 챙기고 선량한 다수에게 피해를 주는 경우도 있더군요. 세상을 설계하는 수학이 오히려 사람을 해치는 무기가 된 경우입니다. 그 사람은 수학 공부를 잘한 걸까요?

과학기술과 수학의 발전으로 인류가 더 많은 지식과 힘을 갖게 되었지만 그에 부합하는 윤리의식을 갖추지 못한다면 어떤 일이 벌어지게 될지 상상하기도 싫습니다. 아무 생각 말고 일단 공부를 하고 공부만 잘하면 모든 게 용서된다면 우린 공부는 잘하지만 삶의 격은 없는 괴물들을 만나게 될지 모릅니다.

세상이 너무 빨리 변하다 보니 이미 지니고 있던 신념과 가치를 고수해야 하는지 바꿔야 하는지 자주 고민에 빠지게 됩니다. 앞으로 과거보다 판단을 내리기가 어려운 가치의 문제를 많이 만나게 되겠죠. 이럴 때 잘못하면 이리저리 남의 말에 흔들리다 제대로 된 생각을 세우지 못하는 사람이 되겠죠. 우리가 만나는 문제에서 어떤 판단을 해야 하는지 치열하게 고민한 후 지켜야 할 윤리적 기준을 세워 삶의 토대를 튼튼히 해야겠다는 생각이 듭니다.

윤리적 기준에 대한 고민은 유명한 학자나 철학자의 몫만은 아니라고 생각합니다. 어쩌면 그 고민은 과학문명이 주는 혜택을 일상으로 소비하는 우리에게 더 필요한 것일 수 있습니다. 어떤 윤리적 소양을 지니고 과학의 성과를 선택하여 세상을 움직이게 할지 결정하는 것은 아리와 같은 평범한 사람들이니까요. 거창하고 현학적인 기준을 세워야 한다고 생각하지 않습니다. 소설 속 진 박사의 말처럼 일단은 각자의 삶에서 가장 많이 마주하는 문제 즉 우리 모두가 더불어 살아가는 시민으로 갖춰야 할 기본적인 생활 윤리, 함께 공부하는 학생으로서 갖춰야 할 기본적인 배움의 윤리 덕목을 세우고 실천하는 것에서 출발하면 될 거라 생각해봅니다.

소설은 소설입니다. 하지만 과학 · 수학 분야에서 생길 수 있는 다양한 윤리적 이슈에 대해 우리가 어떻게 살 것인지 우리에게 무엇이 필요할지 작은 성찰의 기회를 던졌길 바라봅니다. 열심히 공부한 실력이 진실을 가리는 도구로 사용되지 않도록 말이죠.

"수학을 잘할 수 있는 유전자 기술이 생긴다면 당신은 어떤 선택을 하겠습니까?"

마지막으로 카이의 소원을 들어준 크리스마스 카드에 여러분의 소원을 신중히 적어보시길 바랍니다.